**KEITAI
SHOUSETSU
BUNKO**

SINCE 2009

風にキス、君にキス。

繭

Starts Publishing Corporation

contents。

プロローグ	6
約束	8
後ろ姿	20
好きなヒト	28
風の色	36
束の間の夢	45
暗闇、涙	54
薄れぬ想い	63
君のいない日々	74
人知れず	82
愛しい記憶	90
二度目の絶望	99
断片	108
光を探して	111
風の行く先	122
進むということ	128

戻るもの、戻らないもの	137
花火	146
星、夢、未来	154
道しるべ	163
この手の中に	173
異変	182
温かい涙	189
運命	197
ラスト・スパート	206
響かせて	213
伝えたい言葉	227
かけがえのない君に	236
風にキス、君にキス。	238
あとがき	248
文庫あとがき	252

風にキス、君にキス。

プロローグ

「…っ」
　呼吸を、整えて。
　ただひたすら続く青空を見上げる。
「日向ぁーっ…」
「がんばれ…っ」
　声援も、なにもかも聞こえなくなるくらいに心を落ち着けて。
　目を閉じてひとつ深呼吸をする。
「よしっ…」
　…大丈夫。
　まだ始まったばかりだ。
　だからまだなにも終わってない。
　…終わらせないから。
「位置について…」

　――走ることは…
　風になること、でした。

　風にキス、君にキス。

　‐Run to you,
　run for you.‐

「ユズっ」
「なによ、ヒナタっ」
「ずっと一緒にいような」
「…うん!」

　——これは
　ずっとずっと小さな頃(ころ)から
　すでに始まっていた想い。

　あたしは風に、恋をした。

約束

【柚(ゆず) side】

　ここ、窓際(まどぎわ)はあたしの特等席だ。

　…爆睡(ばくすい)してる誰(だれ)かさんが、よく見えるから。

「あぁロミオ、あなたはどうしてロミオなの？　バラの花をごらんなさいな。もしバラという名前じゃなくったって、いつも甘(あま)く香ることに変わりはないはずでしょう？　Ah, why are you...（あぁ、あなたはどうして…）...Hinata!?（…ヒナタなの!?）」

　教室内をゆっくり歩きながら『ロミオとジュリエット』を読みあげていたALT（英語指導助手）の先生は、机に突(つ)っ伏している誰かさんの頭をバシリとたたいた。

「…ったたた！　なにすんだよっ」

　くすくすと笑い声が漏(も)れる中、ヒナタ…相原日向(あいはらひなた)は起きあがって英語で文句を飛ばした。

「I'm so tired！　Do you mind me sleeping in your class？（疲れてんだよっ！　そんなに自分の授業で寝てほしくないのか？）」

「当たり前でしょ。第一今日の授業は素晴(すば)らしいんだから、ちゃんと聞いてなさいっ」

「どこがだよ。今どきロミジュリ？　ダサイったらありゃしないね！」

「また始まった…」

英語でやり合うふたりを見て、誰からともなくそうつぶやいていた。
　こう見えても日向は…あたし、金谷柚の幼なじみ。
　すっごく勉強ができて、スポーツができて、かっこよくて女の子にモテる。
　帰国子女でもないのにこれだけ英語が達者なのも、日向ぐらいだ。
　"日向"という名前は女の子っぽいという人もいるけれど、あたしはそうは思わない。
　これ以上ないくらいに彼にぴったりな名前だと思う。
　だって彼は…太陽の光を浴びて、グラウンドを誰よりも速く駆け抜ける、この学園の陸上部のトップランナーなのだから。
　まぁ、あたしから見れば、口の悪さも光り輝いていますが…。

「…柚」
「っ、なに？」
「グラウンド、状態どう？」
　最後の授業の後、日向がすかさず窓際のあたしのもとにやって来て、机に手をつき、窓の向こうのグラウンドをながめた。
　無駄な肉の一切ないきれいな腕が目の前にあって、少しドキンとする。
　…白いシャツが、日向が開けた窓から入ってきた風に

よってふわっと浮きあがる。
「大丈夫だな」
「う、うん！　昨日の夜の雨で多少湿ってるけど、大丈夫だよ」
「…よかった」
　もちろんあたしも、雨の日が大嫌い。
　だって日向が笑ってくれないから。
　…そして、晴れの日は大好き。
　日向が、誰にも見せない笑顔をあたしだけに見せてくれるから。

「マネージャーっ」
「はいはいっ」
「ストップウォッチ、落ちてたけど」
「わーっ、大事なものを！　ごめんなさいっ」
　──高校１年になったこの春、あたしはマネージャーとして陸上部に入部した。
　小さい頃から日向に影響されたせいで、見る専門だけど、あたしも陸上大好き人間になっていたから。
　…うん。
　決して不純な動機じゃない。
「…よしっ」
　ジャージに着替えて、必要な用具を出してそろえたり、ライン引きをしたり。
　それが練習前に終わらせておかないといけない仕事。

現在の陸上部マネージャーはあたしひとりだから、けっこう大変だ。

　その理由は、この藤島学園の陸上部員が非常に少ないから。

　1年生2人、2年生4人、夏の大会で、引退してしまう3年生3人、というなんとも悲しい状況。

　ただ、陸上は団体というより個人の実力勝負だから。

　…メンバーひとりひとりが本当に見事な実力を誇っているこの陸上部は、毎年優秀な成績を残しているのだ。

　特に…。

「相原日向」

「はい」

「地区大会、優勝おめでとう」

「ありがとうございます」

　…1年生にして地区大会優勝、県大会と、楽々コマを進めてしまった彼は、間もなく"藤島の風"と呼ばれるようになっていた。

「ったく、みんな、大騒ぎしすぎなんだよ」

「……」

　表彰されたその日の帰り道、日向は凍ったペットボトルの中身をガラガラ振って歩きながらそう言った。

　そりゃ…大騒ぎしますとも。

　だって1年生になって最初の大会から、いきなり優勝だよ？

「日向は自信ありすぎ。…もっと勝てたことを尊く思わな

きゃ」
　ペットボトルを日向の手から奪い取って、振りまわしながらそう言うと、
「あ、返せバカ」
　あたしの額を、日向がピンと弾いた。
　日向の指先がほんの少し触れるだけでドキドキする。
『…柚と日向って付き合ってるの?』
　何度もみんなにされる質問。
　そのたびにあたしは、同じ答えを繰り返す。
『そんなんじゃないよ』
　…そんなんじゃない。
　小さい頃から日向の背中ばかり追いかけて。
　日向が好きなものを、一緒に好きになってきたけど。
　でもきっと、日向にとって、あたしはそんなんじゃない…。

「柚」
「…えっ?」
「明日、朝練行くから」
「うんっ」
　それでもいい。
　幼なじみとしてでも、マネージャーとしてでも…なんでもいい。
　…知らないうちにあたしの気持ちも、驚くほど単純なものになっていたんだ。
「県大会、がんばろうねっ」

…風のように走る日向が見たい。
　ずっとそばで、見ていたいんだ。
　…だからお願い。
　ずっと、走り続けていて。

「あっちー！」
「死ぬっ！　冷気をくれ、冷気！」
「ダーメ」
　クーラーのリモコンに伸ばされる部員の手を、あたしはぴしゃりと払いのけた。
「クーラーなんてつけちゃダメです！　陸上部員ともあろう者が、情けないですよっ」
　…暑い暑い部室(クラブハウス)。
　私立だから当然、クーラーは設置されている。
　ただそれをつけさせないのは、なにげに、１年生である日向とあたしだった。
「暑かったら氷をあげます！　でもクーラーはダメですっ」
　いつまでも暑い暑いを連発する隆史(たかし)先輩に氷枕(こおりまくら)を渡して、あたしは言い放った。
「大会も近いんですから、試合前には、とくに気をつかってください」
「でも柚ちゃん…この暑さじゃ熱中症になるよー…」
　またそんな戯言(たわごと)を。
　しっかりと水分補給をして、長時間、日に当たることを避け休憩を取れば、熱中症はたいがい起こらない。

第一、公立の人達はクーラーなしでがんばってるわけだし。
　…ため息をついたあたしに代わって、日向が先輩に軽く蹴りを入れた。
「うぁっ」
「大丈夫。先輩なら焼かれても死にませんって」
「こんのー…」
　にっと笑う日向に牙をむいて、先輩が氷枕を投げつけた。
「口のきき方を知らないな、このガキはっ」
　ただでさえ暑い部室がますます暑苦しくなる。
　…でも、仲がいいのは少人数であることのメリットなんだよね…。
　自然と笑みがこぼれてしまう。
　なんだかんだ言って…みんな、個性的で、だけど陸上に対しては誰よりもまっすぐで…あたしは大好きだ。
「けどさ、日向ってバスケ部や野球部からも勧誘あったんだろ？」
　水を飲みながら、隆史先輩が思い出したようにそう聞いた。
「あー…まぁ…」
「それでも陸上以外にはまったく気持ちが動かなかったと？」
　先輩に聞かれて、日向は少し頭をかいた。
「まぁそういうことに…」
　こういうときの日向は、けっこうしおらしくなって、なんだか可愛いと思ってしまう。
「んー…なんというか…いやべつに、他のスポーツをけな

してるわけじゃないけど」
　そう前置きして、日向ははっきりと続けた。
「俺にとってはやっぱり陸上が最高のスポーツなんで」
「…ふーん」
　気がつけば部員全員が、日向の話にくぎ付けになっていた。
「陸上は、いかに一秒一秒が大事かを思い知らされる。…走ることは風になることだって、思い知らされる」
　走ることは風になること。
『風になる瞬間、俺は生きてるんだって感じる』
　いつか、日向の口からそう聞いたことがあった。
「…俺、たぶん陸上がなかったら生きていけないですよ」
　少しいたずらっぽい目を上げて。
　…だけど、たしかに真剣な瞳を、日向は隆史先輩にまっすぐと向けた。
「そっか。…たまにはいいこと言うな！　お前」
　先輩は静かな雰囲気を破って、だけど温かく優しい笑顔を浮かべた。
　他の部員も、自然と暑さを忘れて笑顔になっていた。
「よし、次の大会に向けてもうひとがんばりだ！」
　単純なもので、気合いが一度入ると、とことん盛りあがる部員達。
「…ぷっ」
　思わず吹きだすと、日向と目が合った。
　…めずらしく日向も微笑んでいて、目をそらすことなくあたしを見つめてくれる。

「ひな…」
「柚」
　名前を呼ぶ前に、呼ばれてしまって。
　思わず肩が跳ねた。
「は…はいっ？」
「走る」
「う、うんっ」
　気がつけば外に飛び出してしまっていた部員達に続いて、部室を出る日向の背中を、あたしは急いで追いかけた。
「わわ、ストップウォッチ忘れてたっ」
　あわててストップウォッチを握りしめて、グラウンドに向かったとき。
　…ふと、前を歩いていた日向が立ち止まった。
「…な」
「え？」
　振り向いた日向の目が、あまりに真剣だったから。
　…少し、とまどった。
「っ…？」
「…俺がさ」
「うん」
「今度の県大会で優勝したら」
「…うん…」
　強く風が吹いて、結んだはずの髪が、あまり意味がなくなってしまうくらい強く揺れる。
「…日向…？」

「……」

 日向は言葉を紡ぐのをやめて、もどかしそうに唇を軽くかむと、

「…柚」

 やわらかく、あたしの名前を呼んで。

 …指をあたしの頬に当てた。

「っ」

 ドクン、と心臓が音を立てる。

 日向…。

 周りも、強く吹く風も、軽く舞いあがる砂も、なにひとつ気にならないくらい、あたしの世界は、日向で満たされていく。

 どうしよう。

 …心臓のドキドキがあまりに歯がゆくて、もういらないとさえ思ってしまうくらいに。

 日向が、好きだ。

「柚、俺と…」

「マネージャーっ！」

 …風ではなく、隆史先輩の大声が、あたし達の間をさえぎった。

「イチャついてないでタイム計ってよー！」

「……」

「イ、イチャついてませんっ」

 不機嫌な表情で先輩をにらみつける日向、一方であたしは赤くなった頬をあわてて隠した。

はずかしい…。
　　…もう、いいところだったのに…。
「あれ、日向、怒ってる？」
「…先輩のいわゆるKY度、計りましょうか？」
　悪びれた様子もない表情で近づいてきた先輩に、日向はかなり怖い笑顔で言った。
「え、どうやって計るわけ？」
「んーと…キックかパンチかビンタ？　選んでいいっすよ」
「こらこらっ」
　あたしはあわててマネージャーに戻って、ふたりをたしなめた。
「じゃ、タイム計ってね？」
「はいはい」
　子供みたいな隆史先輩をそうなだめてから、その後ろ姿を見送ると、
「日向？」
「…ったく」
　日向はめずらしくすねたような表情をして、その長い指であたしの髪を少しつまんだ。
「ひゃ…？」
「たまにお前がマネージャーであることにムカつく」
「な…なんで？」
　日向のやわらかいきれいな髪が、風に揺れる。
　細いあごが軽く動いて…その口元が少しゆるんだことに気がついた。

「…なんでも」
　…これだから、日向はずるい。
　なんでもひとりで知りつくしちゃって。
「それより、さっき言いかけてたこと…」
「ん、やっぱりいい」
　な、なにそれ———っ…。
　…だってすごくいいムードだったじゃない！　先輩…呪(のろ)う…。
　ショックのあまりに、白目をむきそうになったあたしに向かって、日向は軽く微笑んだ。
「…今は、いい」
「え…？」
「やっぱり勝ってからじゃねぇとな…」
「もうっ…」
　勝ってから。
　絶対勝つから。
　あたしの髪をなでた日向の、その手の温(ぬく)もりを。
　…とりあえず信じてみようと、思った。

後ろ姿

【日向 side】
　生きるにはせますぎて——。
　…生きる意味を探すには、広すぎる。
　そんな世界で、生き甲斐と呼べるに等しいものと出会えたこと。
　…それは俺にとって、とてつもなく尊い奇跡だったのだと思う。
　柚と、出会えたことも。

「…日向っ！」
　息をはずませて、満面の笑みを浮かべた柚がこっちに駆け寄ってきた。
「タイム、上がってたよ！」
「…え、マジで？」
　1秒のさらに10分の1の0.1秒。
　細かすぎる時間の粒と日々闘いながら、俺達は走っている。
　柚は部員ひとりひとりを瞬きも忘れるほど見つめながら、そのあきれるほどに細かい時間を見逃さないようにストップウォッチのボタンを押す。
　…柚以上のマネージャーは、俺の知っている限りではない。
「…本当だな。だったら腕の振り具合はさっきぐらいがちょ

うどいいってことか…」
　0.2秒ほど上がった記録…ストップウォッチを見つめて、目を閉じた。
　いつも想像する。
　最高のコンディションで、最高のフォームで、最高の風に身を包んで。
　…柚の見守る競技場を、走り抜ける自分を。
「柚」
「…えっ？」
　ストップウォッチを俺に手渡してから、うれしそうに微笑んでいた柚は、我に返ったように真剣な表情になった。
「なに？」
「…今度の大会さ、俺…絶対に勝つから」
　先輩達は、トレーニングに夢中で気づいていない。
　今は誰も見ていない。…俺のことも、柚のことも。
　そう思ったから。
　俺は柚のやわらかくてきれいな髪に、すっと指を通した。
　そのまま、もう一方の手を柚の腰に回して、軽く、抱きしめた。
「…一番近い所で、俺のこと見てろよ」
「ひな…」
　気づいてるのか、気づいてないのか。
　昔から鈍感で、なのに妙なところで鋭かったりするこいつのことだから、よくわからない。
　ただ言えるのは…。

「…うん…！　一番近くで、見てるっ…」
　…俺は柚が可愛くて仕方ない、って。
　他の奴が柚の名前を呼ぶとムカつく、って。
「…ありがとな」
　大会で勝ったら…そう、教えてやるから。
　華奢な柚の体には少し大きなジャージ越しに伝わる、愛しい温もり。
「……」
「…柚」
　ぎこちなく目をそらす、その表情が可愛くて、思わず、からかいたくなった。
「…こっち、向いてみ」
「むっ、無理！」
　そう言いながらも、ぎゅっと俺に抱きつく柚の髪に指をからめて、優しくなでた。
「こらっ、そこイチャつくなっ！」
「…うるせーな…」
「柚ちゃん！　水っ」
「はっ…はいっ！」
　あっけなくその温もりは俺の腕から解かれ、たたたっ…と他の部員達のもとへと走っていく。
　もうすっかり見慣れた、柚のジャージの…後ろ姿。
『日向の走る姿が好き』
『なんかね、風に溶けこんでるみたいなの』
　いつかそう笑った柚を、思い出していた。

「……」
　…柚が俺の走る姿に、恋をしたとすれば、俺は柚の後ろ姿に…恋をしたのかも、しれない。

「相原」
「…あ、どーも」
「どうだ、調子は？」
　学校の廊下で、担任に呼び止められ…俺は振り向くと、軽く会釈した。
「まぁボチボチ、ですかね」
「がんばってくれよ。"藤島の風"なんだから」
　ゆるんだネクタイを軽くしめながら、
「大丈夫ですよ」
　と答えると、担任の表情が、ふわっと崩れた。
「相原はいつも余裕だな」
　…余裕？
　ぶっちゃけ陸上に関して"余裕"だったことなんて、これまで一度もない。
　以前、柚は、ちがう言葉を使った。
　"日向はいつも自信がある"と。
「いや、でも気持ちに余裕があるのはいいことだとは──」
「余裕なんてないですよ」
　担任にまっすぐ向き直って、俺は続けた。
「結果は努力や練習相応になるんだから。…不安がってる時間があったら練習しろってこと」

「……」
「努力してもどうにもならないことなんて、この世にはないんですよ。…そんなの、努力が足らずに負けた奴の言いわけです」

 そう言い放って、言葉をなくす担任に背を向け、俺はその場を立ち去った。

 …でも、それはやっぱり"余裕"だったのだと。

 今あるものに、与えられたものに甘んじていたのだと。

 努力だけではどうにもならないことが、この世界にはあるのだと。

 …そう思い知らされることになるのは、もう少し先のことだった。

「…To be or not to be, that is a question.（生きるべきか、死ぬべきか、それが問題だ）」

 隣の奴が英文をゆっくりと読む声が、聞こえてくるような…こないような。

「OK. The next…Hinata!?（はい。じゃあ次は…日向!?）」

 名前を呼ぶ金切り声で、心地よく眠りに入りかけていた俺の脳は完全に目を覚ました。

 起きあがって机にひじをつくと、いつも俺に目をつけるALTのおばさんは相変わらず、しかめっ面。

「なぜ、あなたはいつもそう眠いの!?」
「ぶっちゃけ授業よりも大事な試合が近いもんで」

 そう英語で返しながら、さっき隣から聞こえてきた英文

はシェイクスピアの『ハムレット』の一文だったことに気づく。
「相変わらず日向すげーよな…なんであんなに英語ペラペラなんだよ」
「やっぱ相原くん、かっこいいよー！」
　やたらざわつき出した教室を、改めて見回すと、ふと、柚と目が合った。
「寝ちゃダメだよ」
　とまどいながらも、少し照れたような柚の小さな唇がそう動いた。
　完璧(かんぺき)に読み取れる自分を、我(われ)ながらすごいと思う。
「うるせぇよ」
　ゆっくり、口をそう動かして返すと、どうやら通じたらしく、柚がふふっと微笑んだ。
「日向、聞いてるの!?」
「はいはい」
　とりあえず頭を下げてから、前に向き直って頬づえをつくと、自然と笑みがこぼれていた。
　"藤島の風"と呼ばれていることは知っている。
　悪い気はしないし、いや、むしろありがたいことだと思う。
　けど、他人からの評価なんて正直、どうだっていい。
　柚が見ていてくれれば、それでいいんだ。
　…そう考えて、いつも地面を走るから。

「授業終了っ」

チャイムが鳴り響いたとともに、俺は席を立ちあがった。
…一刻も早く走りたい。
「こらっ相原、まだホームルームが…」
「いーだろ？　いい天気だしさ、早く走りてぇんだよ」
　あきれる担任と笑うクラスメート達。
　その中で「まったくもう…」という目を向けてくる柚。
　いつまでも、こんな日々が続けばと願う自分がいる。
　当然、アスリートという夢はあるけれど。
　…ずっとこのグラウンドで、この陸上部で、この学校で走り続けていたいという願いもある。
　今はまだ、こんな小さな世界でいい。
　あまり遠くには行きたくない。
「…はー…」
　誰にも気づかれないように、ため息をついた。
　…陸上を始めてから、一瞬一瞬に敏感になったのかもしれない。

「日向？」
「…ん？　悪い、ぼんやりしてた」
「ホームルーム終わったよ？　部活行かないと」
「ああ」
　俺をうながしてから、ふと窓の外に目をやった柚は笑顔になった。
「本当に、きれいに晴れてるね」
「…だよな？」

大会の日も、これぐらい晴れたらな。
　そう言って笑う柚を見ると、愛しさが増した。

　なぁ、柚。
　——幸せというものは、実に不思議な形をしている。
　手にしているときには、それが幸せなんだと実感することが少ないし、難しいんだ。
　だから、生きるということはきっと難しいことなんだ。
　この頃の俺にはまだ、それがわかっていなかった。

好きなヒト

【柚 side】
『ユズっ』
『なによ、ヒナタ』
『今から競走しようぜ』
『やだよ、ヒナタ速いんだもんっ』
　ぷっと頬をふくらませる、小さい頃のあたしに、小さい頃の日向が、楽しそうに笑う。
『よーい、どんっ』
『あ！　ちょっと！　待ってようっ』
　あたしのずっとずっと先を、悠々と走っていく。
　気持ちよさそうに、静かにさわやかに。
　…透明な風だと思った。

　ねぇ日向、知ってる…？
　…あたし、あの頃からずっとずっと日向だけを見ていたんだよ。
　今までだけじゃない。
　これからもずっと、あなただけを見ていたいよ…。

「ゆ…柚ちゃん！」
「はいっ？」
　朝練が終わって、教室へ行くと、待ちかまえていたよう

に、クラスメートの愛ちゃんがあたしに駆け寄ってきた。
「相原くんは？」
「日向はいつも、朝練終わっても先輩達とたむろってるけど…」
　授業に遅れたくないあたしは、いつも先に戻る。
　日向とちがって真面目ですからね。
　そう話すと、愛ちゃんは安心したような表情になった。
「そうだよね。柚ちゃんがひとりなの、今しかないと思ったんだぁ」
「……」
「あの…これっ、相原くんに…」
　首をかしげるあたしに、少し顔を赤らめた愛ちゃんが差し出したのは。
　…可愛い花柄の、封筒。
「…え…？」
「渡して…くれないかなぁ？」
　大きな瞳を少し伏し目がちにして、愛ちゃんがそう言った。
　渡す、って…誰になにを…？
　…ああ、そっか。
　あたしが、愛ちゃんの手紙を…日向に？
「っ…えと…」
「直接渡すの、はずかしくって。柚ちゃんならマネージャーだし相原君と話すの慣れてるし…。…幼なじみだし、大丈夫だよね？」
　愛ちゃんの可愛い笑顔と声が、心に痛かった。

「…っ、うん…」
「じゃ、お願いねっ。…部活の帰りにでも渡してくれたら助かるなっ」

　サラサラの、きれいな長い髪。
　ぱっちりとした目に白い肌。
　すごく可愛い愛ちゃんが…愛ちゃんが、あたしよりも先に日向に言うの？
　『好き』って…？
　…あたしが、その手紙を渡すの？

　できもしない、したくもない頼(たの)みを受け入れてしまった自分が憎(にく)かった。
　…日向が人気なのは知ってる。
　そんなの、あたしが一番よく知っているはずなのに。
　でも…。
　…いざ、誰かが日向に想いを告げるのを手伝うとなると胸が激しく痛んだ。
　あたしの、16年間の気持ち…まだ言ってない、のに。
「っ…」
　まだ言わないで。
　あたしより先に、日向に『好き』って言わないで。
　そんなわがままな気持ちが、あたしの心を揺らす。
「どうしよう…」
　…どうしたら、いいのかな。
『今度の大会で勝ったら…言うから』

日向の気持ちが、聞きたい。
　　だから言えない。
　　…大会が終わるまでは、マネージャーとして、幼なじみとして見守っていくことを決めたから。
　　だから気やすく『好き』だなんて言えない。
「柚？」
「…っ！」
　　後ろから名前を呼ばれて、肩がぴくっと跳ねた。
「ひな…」
「なにぼーっと立ってんだよ。…てかなに？　それ」
　　早めに戻ってきた日向が、少し怪訝そうに言った。
　　まだみんなは登校してきていなくて、愛ちゃんはすでにいない。
　　…愛ちゃんの笑顔を思い出すと、あたしの胸がずきん…と痛んだ。
「…柚？　具合でも悪いのかよ？」
「あ…ううん。なんでもない」
　　少し心配したような目を向ける日向に、あたしは笑みをつくった。
「ならいーけど。…無理すんなよ？　…で、手に持ってるやつなに？」
「あ、友達からもらった手紙だよっ」
　　…初めて、日向にウソをついた。
　　だから…日向の目をまっすぐ見ることができなかった。
「ふーん。…あ、この前の社会のノート見して」

「う、うんっ」
　…日向は特に気に留めなかったけれど、安心するどころか、あたしの心は余計に痛くなった。
　…だけど、つくり笑顔を崩すことはできなかった。
　バレない、だなんて本気で思っていたわけじゃなかったのに…どうしても、言えなかった。

「渡してくれた？」
「う…うんっ…」
　翌日愛ちゃんに聞かれても、あたしはうなずくしかなかった。
　手紙はまだ、鞄の中に入ったままなのに——。

「柚」
「え…？」
　さらにその翌日、練習が終わった後、グラウンドを整備するあたしに、日向が声をかけてきた。
　いつになく真剣な目で。
「なにか…あったのかよ？」
「え？」
「昨日…一昨日ぐらいから、なんか変だろ」
　昔から、日向は鋭い。
　ウソなんかつかせないっていうぐらいまっすぐな目で、あたしを見つめてくる。
「…っ、なにも…ないけど…」

「柚」
「…なんでもな…っ」
　幼なじみってズルい。あたしの癖(くせ)を、知りつくしてる。
　…ウソついたときのあたしの表情まで、知りつくしてる。
「ごまかせるとでも思ってんの？」
「…っ」
「柚」
「や…っ」
　腕をつかまれて、思わず振りはらうと、日向はため息をついてから、あたしの目をもう一度見つめてきた。
「バレバレ」
「え…？」
　…バレバレ、って…なにが…？
　状況が飲みこめないあたしにおかまいなく、日向はふっと息をつくと、手を差し出した。
「…俺に渡すもんがあるだろ？」
「……」
「さっき、すれちがいざまに八木(やぎ)に『あの手紙の返事…待ってるから』とか言われて。意味がわからなかったけど、柚の様子見てたら、なんとなく理解できた」
　八木、というのは愛ちゃんのことだ。
　…力が抜けて、思わず地面にしゃがみこんでしまった。
「本当に…あたしって、バカだよね」
「……」
「…ごめんね、日向」

日向はなんでもお見通しなんだ。
　　　日向に隠しごとなんてできないんだ。
　　　…わかってた、はずなのに。
「これ…」
　　　しゃがんだまま、手を伸ばして愛ちゃんの手紙を渡すと、
「…ん、配達お疲れ」
　　　そう微笑んで、日向もあたしの隣にしゃがみこんだ。
　　　…視線を、合わせるために。
「柚」
「……」
「ゆーず」
「……」
「柚さーん」
　　　穴があったら入りたい。
　　　日向への初めてのウソさえも見透かされて。
　　　愛ちゃんの気持ちを無駄にするようなことして。
　　　…本当、最悪。
「うー…。…消えたい…」
　　　ひざに顔を埋めて、思わずそうつぶやくと、
「柚が消えたら俺が困る」
　　　そう笑って、日向があたしをツンツンとつついた。
「…本当？」
「お前がいなかったら雑用がすべて俺に回される」
「な、なによーっ！」
　　　あんまりのセリフに思わず顔を上げると。

…日向の、ちょっぴり意地悪でちょっぴり優しい表情が目に入った。
「顔上げた。…俺の勝ち」
「—っ、バカ日向っ…！」
　でも…幼なじみでよかった。
　誰よりも日向を知っていて、誰よりも日向に知られているから。
　…あたしにはそれが、たまらなくうれしいんだ。

　次の日、日向が愛ちゃんの告白を断ったらしいという噂が耳に入った。
「え？　愛ちゃんフラれたの…？」
「他に好きな奴がいるからって言われたらしいよ」
「相原くん、好きな人いるのっ!?　え、柚知らない？」
「…知らないよ」
　日向はみんなの憧れで、みんなのエースで。
　でもだからこそ、幼なじみのあたしにしか気づけないなにかがあるはずで。
　…そう信じていたあたしは、うぬぼれていたのかな。
　日向…。
　あたしには、後悔があるの。
　——あなたの走りに、あなたのいる日常に慣れてしまったこと。
　それを当たり前に感じていた自分が、すごく悔しくて、悲しいの。

風の色

【柚 side】
「俺はいつも走る前に考える。ベストタイムが取れるか。自分が思うように走れるか。…優勝、できるか。次の大会に進めるか。たぶん人間は、そういう生き物なんだろう。後悔することを、俺達は一番恐れる。…けどな。俺達がこうしてフィールドを走ってるのは、なにもトロフィーのためだけじゃない。"走りたい"から。風と調和しあって、駆け抜けていくことに大きな幸せを感じるから。そうじゃないか…って気づくのは、スタートを待つ瞬間じゃない。走り出した瞬間でもない。…本当に風になった、まさにその瞬間なんだよ」

　隆史先輩…いや、隆史部長の言葉に。
　みんな、静かに耳を傾けていた。
「…走れ。走り続けろ。望む限り、望むように。誰になんと言われても、信念を曲げないで済むくらいに強くなれ。…お前達は、最高の陸上部員だから」
　3年生は、この大会で引退する。
　だから、これが最後の走り。
　…泣いても笑っても、もう二度と同じフィールドを駆け抜けることはない。
「はいっ、部長！」

部員…もちろん日向も含む全員が、尊敬の気持ちを込めて強くうなずいた。
　空は雲ひとつなく、きれいに晴れていて。
　…太陽が、まぶしく青空に輝いていた。
　競技場の赤茶色をした地面は、太陽の光をじりじりと受けて熱く見えた。
「藤島学園、陸上部代表者」
「はいっ」
　確認のために点呼されて、隆史部長とあたしが本部に向かった。
「ここに記入」
「はい。…柚ちゃん、ペン」
「これですっ」
　先輩が、出場者名簿にチェックを入れ終わったとき。
　…いつも、"あぁ始まるんだ"と実感して緊張してしまう。
　あたしが走るわけじゃないのに、ひとりひとりがフィールドを駆け抜けるたびに激しく緊張感が募る。

「みんなの色のイメージって、どんなのかな」
　スタンドに座って、出場を待っている間。
　…ふと、そんな話題になった。
「んー…考えたこと、ないですね」
　他校の選手の特徴や記録を書き留めるから、あたしの手はいそがしい。
　もちろん、みんなの視線もまっすぐ競技場に降りそそが

れたまま。
　日向なんかはひと言も話さずに、瞬きも忘れて競技の様子を見つめている。
　…だけど、なにか言葉を発していないと気持ちがほぐれないんだ。
　ほどよい緊張感は必要だけど、心が固くなりすぎると体まで固くなってしまう。
　ひとつ上…２年生の雄大先輩が無邪気に言った。
「隆史部長は黄色って感じですね」
「お、それは明るくさわやかなってイメージか？」
　他校の様子をメモに取りながらも、器用な隆史先輩はすぐ応対した。
「いえ。ちょっと抜けてる、のんき者ってイメージです」
「…どいつもこいつも…口のきき方を知らん奴らだなー…」
　日向と少し似た毒舌さを持っていても、優しい雄大先輩は、笑顔のさわやかさも、どんな長距離も涼やかに駆け抜けるさわやかさも"水色"というイメージだ。
　今回大会に出場するのは、３年生２人と２年生２人、１年生１人。
　１年生でいきなり県大会という異例の日向を除いて、部員のほぼ半分が県大会出場という実績。
　他校を見ても、藤島学園陸上部は明らかに出場人数が多い方だった。
「なぁ柚っ。俺は何色？」
「んーとね…」

そう聞いてきたのは…あたしと日向以外の唯一の１年生、拓巳(たくみ)。
　１年生だから、今回は出場することはなかったけれど、彼は長距離の能力がかなりある。
　きっと来年は、雄大先輩みたいにさわやかにこのフィールドを走ってくれると思う。
「…赤、かな」
「お、なんでなんで？」
「なんだか、正義感があるから」
　そこまで積極的な性格ではないけれど、拓巳はいつも物事の正しい方向をちゃんと見つめている。
　そんな風にして、次々と互いのイメージカラーを挙(あ)げていった。
「柚ちゃんは白って感じだな」
「あ、どうしてですかっ？」
「なにに対しても純粋で、常にフェアなイメージ」
　隆史先輩の言葉に少しくすぐったくなる。
　…そんなことも、ないんだけどな…。
「じゃあ日向は…？」
　あたしのイメージカラーが決まった…というか決められた後、誰からともなく、視線が日向に向けられた。
「こいつは何色かね…」
　雄大先輩のつぶやきに、全員が首をひねった。
「青色？…合わなくもないけど、なんかちがうな」
「緑？　いや…」

「口悪いから黒？　…あ、冗談だって」
「んー…」
　──あたしの中の、日向の色はとっくに決まっていた。
　もっと、ずっと前から。
　…日向の走りを初めて風だと思った、あの頃から。
「…透明、かな」
　あたしの心に秘めていた答えと、まさに一致したものが声として聞こえた。
　…あれ？
　あたし、声に出してた…？
「色がないわけじゃなくて、透明。…透明が、日向の色のような気がする」
　隆史先輩だった。
　…やっぱり部長は、たとえ、どこか抜けてるのんき者でも…みんなには見えないなにかを見つめている気がする。
「透明かぁ」
「言われてみれば…な」
「日向の周りって、透明感のある風だよな」
　口々に納得する部員達に交じって、うなずいた。
「あ、あたしもそう思います！」
「だろ？」
　にっと笑った隆史先輩が、日向の肩を軽くつついた。
「な？　日向」
「…は？　なにがですか？」
「またまた。聞いてたくせに」

「競技直前にもなって全員のんきすぎだっつーの…」
　そうは言うものの、日向の頬はほんの少し赤くなっていて。
　…あたしはその横顔にちょっとした宝物を、見つけたような気がした。

「中距離部門出場者は、本部の前に…」
「お、行ってこい」
　放送が聞こえると、隆史先輩が微笑んで日向の背中を押した。
「言われなくても行きますよ」
「…本当に生意気だな。お前らも…がんばれよ」
「はいっ」
　他の中距離選手の部員も、微笑んでうなずいた。
「がんばってください…！」
　あたしも立ちあがって、ひとりひとりと目を合わせる。
「ん。柚ちゃんのためにがんばるよ。…なんて」
「ありがとな、マネージャー」
「任せろ！」
　口々にそう笑ってくれるみんなを見て、胸の奥が熱くなる。
　ここにいてよかったと、一番そう思える瞬間。
　…だけど、ひとりだけなにも言わない人がいた。
「…日向？」
「…ん」
「が…がんばってね？」
　なんだか胸がいっぱいで、それしか言えなかった。

いつも思う。
　　こんなにも大切な瞬間に、あたしが他になにを言えるだろう…と。
「ああ」
　　いつもよりそっけない日向は、あたしにすっと背を向けて。
　　その後ろ姿はスタンドを降りて、本部へと向かっていってしまった。
「ひな…」
　　だけど。
　　…あたしが名前を呼びかけた、その瞬間。
　　日向は背を向けたまま、右手でピースを作った。
「…っ」

　　…こんなに。
　　こんなに愛しくて、こんなに好きだと思える人はいない。
　　こんなに泣きそうになったのは、生まれて初めてかもしれない。
　　———神様。
　　あたしはこの人が、好きです…。

「…がんばれ」
　　がんばれ、日向…。
「走る前の日向って、雰囲気やわらかいよな」
「…え？」
　　隣に座っていた拓巳が、立ち去っていく日向の背中を見

つめながらそうつぶやいた。
「そうかな？」
「普段は口が悪くて、とげとげしい奴だけど」
「…昔からそうだよ、日向は」
　あたしは微笑んで、そう返した。
　…昔から、あきれるくらいに陸上バカで。
　走ってるときが、誰よりもなによりも幸せそうで。
「…柚ちゃんは、そんな日向が大好きだもんなー？」
「ばっ、バカ！」
　あわてふためいて拓巳を見上げると…口は笑っているのに、その目は少し切なそうに見えた。
「…拓巳？」
「え、なんだよ。そんなに見つめんなって」
　気の…せいかな？
「…あ、ほら」
　拓巳に肩をつつかれて、はっと視線を競技場に戻すと、数人の大人に囲まれ、日向と他の出場者がスタートの方へと歩いていくのが見えた。
　日向は誰よりも冷静で、何食わぬ顔のまま軽くストレッチをしていた。
「…余裕だな」
「ちがうよ。…ここまで来たら、自分を信じるしかないんだって」
　余裕なんてない。
　一度だって、余裕だったことなんかない。

…いつか日向があたしにそう言ったことを、思い出していた。
「始まる…」
　誰からともなく、そうつぶやいた。
　日向を含む出場者が、各レーンについて、中距離…800メートルを全力を尽くして走るために、身がまえた。
　放送なんて耳に入っていなかった。
　…風の音すら、聞こえない。
　スタートは短距離のクラウチングスタートではなく、スタンディングスタート。
　みんながスタートに立ったのを確認した係の人が、「位置について」とピストルを上にかかげたとき。
　隆史先輩が、静かにつぶやいた。

「…Be wind which has a color of clearness.」

　透明な風となって。
　…思い切り、駆け抜けろ。
　相原日向。

　──パンッ…！
　乾いた音が空に鳴り、彼は地面を強く蹴り、走り出した…。

束(つか)の間(ま)の夢

【日向 side】
　隣の奴よりも速く、とか。
　優勝する、とか。
　…正直、なにもなかった。
　走る直前までは考えていても、地面を蹴って走り出した瞬間…そんな気持ちはすべて消え去っていた。
　重力から解き放たれたかのように、軽やかに体が動くのは幸せだった。
　風に溶けこむこと以上の幸せはなかった。
「は…」
　…周りの声も、耳に入らない。
　暑さも感じない。
　ただひたすらゴールを見つめて。
　あと、少し…。
　あと…少し…。
　…青空に輝く太陽が、体を照りつける。
　からみつく光を、透明の風が解いて包みこむ。
　ゴールは…目の前…。
　終わりを求めた足は、最後の一歩で強く地面にたたきつけられた。
「っ」
　その瞬間、ワァァァァ…と歓声(かんせい)がわきあがる。

ふさがれていたかのようになにも聞こえていなかった耳は、急にそれを受け入れたせいで少し痛んだ。
「日向——っ!」
　俺の名前を呼ぶ、騒がしくも愛しい仲間達の声に。
　…俺はそっと微笑むと、体の力を抜いた。
　誰よりも速く、この足がゴールを切ったことを知ったのは。
　…すぐ後、のことだった。

「藤島学園陸上部1年、相原日向」
「はい」
「男子800メートル優勝おめでとう」
「ありがとうございます」
「全国大会で、さらなる強豪(きょうごう)が君を待っている。…けれど、勝負にかかわりなく君は君の走りで魅(み)せてほしい。がんばってください」
　拍手(はくしゅ)の中で、代表者であるおっさんから表彰状とトロフィーを受け取ると俺は頭を下げた。

　いつも思う。
　…大切な一瞬一瞬ほど、あまりにあっけない…と。
　すべてを一瞬にかけている俺達は、どんなにつらくても、それを積み重ねて生きていかないといけない。
　だけど不思議と、今の俺にはそれがたまらなく幸せで…。
　なぜかと言えば、たぶん。
　——たぶん、大切な人達が俺のそばにいてくれるからだ

ろう。
「日向、明日は祝福ミーティングだな」
「ありがとうございます」
　結局シードを進めたのは、俺と隆史先輩のふたり。
　…他の部員達の応援を無駄にしないように、これからさらにレベルアップをしていかなければならない。
　とりあえずは…今日は休んで、明日からいろいろと考えよう。
　そう思ってから、俺はいつもの緑色のジャージ姿を探した。
「…アイツは？」
　そう聞いた俺に、隆史先輩が少しいたずらっぽく笑った。
「日向のタオル握りしめたまま、走ってどこかに行っちゃったよ」
　行っちゃった、って…。
「追いかけてくればぁ？」
「たぶん、あの体育館の裏とかだろ」
　他の奴らも腕組みしたまま、ニヤニヤしている。
「……」
「お姫様を迎えに行ってあげなよ」
「うっせぇな、わーったよ」
　…言われなくてもわかってるっつーの。
　拓巳にそう返して、俺はひたすら柚の行きそうな陰や目立たない場所を探しにかかった。
「…世話の焼ける奴…」
　人のタオル持ったまま、勝手にいなくなってんじゃねぇ

よ…。
　…まだ、言ってないことがあるんだから。

『ヒナタっ』
『ユズ、競争しようぜっ』
『やだよ！　ヒナタ、速いもん』
『…しょうがねぇなぁ。じゃ、ユズのペースに合わせてやるよ』
『ううん、いい』
『なんで？』
『…ユズ、見てる。ここで、ヒナタが走ってるの、ずっと見てる』

　…そう。
　柚がいたから、俺は安心して走ってこれたのかもしれない。
　誰よりも愛しい、誰よりも大切な君がそばにいたから。
　いつも俺を見てくれている、存在があったから。
　…だからこそ、言いたいことがあるんだって。
　言わないといけない…ことが。

「ゆーず」
「…う」
「…それ、俺のタオルなんだけど」
　柚の隠れていた陰に、日差しがさす。
　…こいつの居場所なんて、すぐに見つけてやる。

「ひな…たぁ…」
　ぐしゃぐしゃの顔で、泣きじゃくる柚の涙は、俺のタオルをぐっしょりと濡らしていた。
　水道の裏側にうずくまっていた柚は、タオルから顔を上げようとしなかった。
「なに泣いてんだよ」
「…っ、うれ…しくて…っ」
「昔から、うれしくても悲しくても泣くよな、柚は」
　…あきれた奴。
　そうつぶやきながらも、俺は柚の髪を優しくなでてやった。
「ん、こっち来てみ？」
「…やだ」
「ゆーず」
　ジャージ越しに伝わる、小さな温もり。
　愛しくて、愛しくて…。
　君がいるから、がんばれる。
　──君は俺の、走る意味だ。
「日向…っ」
「…ありがとな」
　腕の中に収まる柚を強く抱きしめると、その背中をなでた。
「…柚」
「っ…え…？」
「…好きだ」
　柚の、華奢なあごを軽く持ち上げて、涙で濡れた頬を指でなぞると。

「…ん…っ」
　――俺を包みこむ風のように。
　誰よりも愛しい君に、キスをした。

「ん、日向…っ」
「…すげー顔」
　――あのとき、好きだと言えてよかった。
「すごい顔って…ひどいっ…」
「俺のタオルで涙拭く柚の方がひどい」
「あ…」
　――あのとき、キスしておいてよかった。
「ば…バカ日向っ」
「なんとでも」
　俺は…柚に出会えて、よかった。
　何度だってそう思うよ。

「おーい日向、柚ちゃんっ」
「まあまあ、ふたりきりにさせてやれって」
「そうだな」
　おせっかい、かつ、冷やかし部員の、そんな声を背中に受けながら俺は柚の手を取って連れ去った。
　外がゆっくりと茜色に染まっていく中、ふたりで肩を並べて、家路を歩いていく。
「…明日さ、祝福ミーティングとやらが終わったら」
「うん」

「どっか…連れてってやるよ」
「本当っ?」
　そう言っただけで、柚の大きな瞳がぱっちりと見開かれて、その笑顔が、まぶしく輝いた。
「どこ行きたいか考えとけよ?」
「うん」
　柚の小さな手が、ぎゅっと俺の手を握りしめてくるのが可愛くて、少し強く握ってこっちに寄せた。
「日向は…どこか行きたいとこあるの?」
「んー、俺はべつに」
　そう小さく笑ってから、つけ足した。
「…風と地面があればいーから」
「陸上バカ」
「バカ」
「なっ…ストレートに言われると、本当に腹立つっ」
　ささいな会話でさえ、幸せだと感じた。
　柚が可愛くて…すげー可愛くて。
「日向」
「ん?」
「あのね…あたし、日向の…」
　柚が少し照れくさそうになにかを言おうとした。
　──その、ときだった。
「…っ!」
　ギュイィィィィィィィィンッッ!
　──突然、乱暴な音が響いて。

明らかに走り方のおかしいトラックが突っこんできた。
「え…？」
　…なに、飲酒運転？
　そんなことを考える余裕もなく、
「…っ、柚っ！」
「っっ！」
　とっさに柚を背中でかばった。
　―――――キュイイイイイイッ……!!
「日向…っ！」
　車の進入が禁止されているはずの歩道に、俺の逃げる余地はなく。
　…次の瞬間には、すべてが反転し、強く体が跳ねとばされ、踏みにじられる衝撃。
　……それは本当に、一瞬のことだった。

　なんでこんな酷なことも、すべてと同じ一瞬で片づけられるのかわからないうちに…。
「っ…」
　痛みとか、苦しみとか…そういう次元ではなく、ただ…体に力が入らず。
　…少しずつ、すべてが失われていく感覚だけがあった。
　体が…麻痺していく。
「ひな…たぁ…っ」
　景色が見えなくなっていく。
　柚の…顔も。

……ああ、泣き虫だな。
　また泣いてんなって…。
　その涙を拭って…やり…たい…のに…。
「日向…っ、日向…！」
　────────
　─────

　その声が、少しずつ聞こえなくなっていく。

　…最後に見たのは、誰よりも愛しい君の泣き顔…だった。

暗闇、涙

【柚 side】

　もしも神様がいるのなら、日向をこんなに悲しい目には遭わせなかったと思うの。
　…だから、あたしはもう神様なんて信じない。

「先生…っ！　息子は…日向はっ、無事なんですか…!?」
「大変危険な状態です。意識が戻るかどうか…戻ったとしても体や脳にひどく障害が伴うことはまちがいないと思います…。…全力を、尽くします」

　ねぇ…。
　…どうして、日向がこんなことになったの…？
「柚、あなたも疲れてるの。今日はひとまず家に帰って…」
　さとすように言ったお母さんの手を、あたしはなにも言わずに振り払った。
「っ、柚！」
「……」
　涙も…出なくて。
　目の前も、よく見えない。

　…何時間がたっただろう。
　病院の長いすに座りこんだまま、ただただ待ち続けるだ

けだった。
　何時間でも待てる。
　…日向が、帰って来てくれるなら。
「お母さん…」
「…柚？」
「日向…助かるよね？　絶対に、助かるよね…？」
「ゆ…」
　お母さんにそんなこと言ったって、困らせるだけだとわかっているはずなのに。
　もう…なにが正しいのかも、わからない。
「っ、柚ちゃん！」
「柚！」
　いくつも重なる声に、ゆっくりと顔を上げると、隆史先輩を始めとする陸上部員達がいた。
「みんな…」
「…日向は？」
　静かな質問に、ゆっくりと首を横に振ると、雄大先輩の顔から血の気が引いて、
「っ、雄大！」
　止められるのも聞かずに、手術室の前へと駆け出した。
「待てよっ、落ち着け！」
「日向っ…！　がんばれよ！　がんばってくれよ…っ！　うぅ…っ、あ…」
「落ち着けって言ってんだろ、バカ…！」
　…いつも優しい先輩達が、こんなにも感情をむき出しに

したのを、初めて…見た気がした。
「みんな…ありがとうね」
　その声に振り向くと、目をハンカチで押さえた日向のお母さんが立っていて、あたしは、静かに歩み寄った。
「おばさん…」
「ありがとうね、柚ちゃん。…ずっと付いててくれたんでしょう？　無理…しないでね？　あなたが倒れたら、日向に怒られちゃうわ」
　優しく微笑みながらおばさんは、あたしの髪をなでてくれた。
　…日向と同じ。
　昔からずっと…いつも温かい人だった。
「おばさん、あの事故は…」
　…ためらいながらも、そう言葉を紡ごうとしたとき、
「っ」
　——その場にいた全員が、息をのんだ。
　"手術中"のランプが消え…静かに白い扉が開き、担当医が現れた。
「っ、先生…！」
「一命は取り留めました」
　その言葉に、全員が熱い息を漏らした。
　…でもあたしは、まだ息がつけなかった。
　医師の険しい目つきが、なにかを暗示していたから。
　…そして、それをあたしは一番恐れていたから。
　その悪い予感は当たっていた。

「…ですが、大きなリスクを背負っています。落ち着いて聞いてください」
「え…？」
 次に続く医師の言葉を、あたしの心は怖いぐらいに冷静に待っていた。
「骨折が複雑で、とくに腱をひどく損傷しています。…歩くことが、難しくなるかもしれません」
 ──目の前に、暗闇が広がった。
 風も地面も…この世界には、なにもない。

「…日向」
 …おばさんは、病室にあたしと日向をふたりきりにしてくれた。
 おばさんだってきっと、日向にたくさん話したいことがあったはずなのにね…。
 ありがとう。
 …ごめんなさい。
「…っ、痛い…よね」
 たくさんの針を刺されて、たくさんの器具につながれて眠る日向の口元に手を当てて、何度も何度も息を確かめた。
「日向…」
 息は温かくて、頬も髪も温かくて…。
 …たしかに、日向は生きている…のに。
「一っ、っう…っ…ごめんね…っ」
 涙が出てくるのはどうしてだろう。

ひどく、胸が張り裂けそうなんだ…。
「っ…う…」
　　――『歩くことが、難しくなるかもしれません』

　　こんなに苦しんでいる日向の姿を見ても…。
　　…浮かぶのは、日向の笑顔ばかりだった。
『ゆーず』
　　…そう、優しい声で呼んでよ。
『…泣き虫だよな、本当に』
　　…日向にそう言われたら、泣きやむから。
『どっか…連れてってやるよ』
　　…日向は今、どこに行きたい？
『んー…俺はべつに。…風と地面があればいーから』

「っう…ぅあっ…く…」
　　――『ありがとな』

「…柚ちゃん」
「っ…」
　　気がつけばあたしは、日向の手を握ったまま眠っていて。
　　おばさんに静かに背中を揺すられて、目を覚ました。
「あ…」
「お母さんは家に戻ったけれど、私がちゃんと様子を見ると言っておいたから」
「はい…。…ごめんなさい…」

いいのよ、と微笑んでから静かに隣に腰を下ろすおばさんを見つめていると。
　…日向を見守る、優しくて悲しい目を見つめていると。
　また…涙があふれてきた。
「っ、ごめ…ごめんなさい…っ」
「ゆ…柚ちゃん!?」
　驚いてあたしの体を支えるおばさんに、しゃくりあげながら言葉を続けた。
「日向は…っ…あたしをかばって…」
「柚ちゃん…」
「あたしを背中でかばって…トラックに…跳ねとばされたんです…っ！　だから…っ、あたしのせいなんです…！」
　いつも…そうだ。
　…あたしは、日向の足を引っ張ることしかできない…。
　なにも…してあげられない…。
「柚ちゃん、ちがう…！　あなたは悪くないの。飲酒運転で日向を傷つけた…無責任な大人が悪いのよ…？」
　涙声でそう言ってから、おばさんはあたしを抱きしめてくれた。
「一っ…」
「っく……！」
　あふれる涙を右手の甲で拭った…そのときだった。
「っ！」
　……左手で握りしめていた日向の手が、かすかに…でも確かに動いたのは。

「っ、日向…?」
「日向っ、日向…!?」
　はっとして、日向の顔を見つめると、
「…ん」
　ずっと固く閉じられていた目が…静かに、開いた。

「…ひな…たっ…!」
　その目は優しくて…。
　…あまりに、変わらなくて…。
　早く医師を呼ばないといけないのに…あたしもおばさんも、体が動かなかった。
「ひな…た?」
「…っ…」
　瞳は変わらないのに…。
　…日向は、呼ばれた名前が不思議だというように目を細めた。
「ん…」
「…私が、誰だかわかる…?」
　おばさんが静かに、涙をこらえながらそう聞くと。
　…日向は少し切なそうに目を伏せて…かすかに首を横に振った。
　——それは、もうひとつの苦しみが日向にくだされたということを示していた。
　…こわれそうな心を、今にも漏れる嗚咽をおさえて。
　あたしは静かに、病室を出た。

病室のドアを閉めて、軽くもたれかかるようにして座りこんだ。
「ウソ、だ…」
　…思わずそうつぶやきが漏れる。
　足が大きく傷ついたことは…日向の苦しむ様子からして、医師が伝えるもっと前にわかっていた。
　でも、歩くことさえ難しくなるという事実を日向が聞いたら…どうなってしまうのか。
　そう思うと胸が痛んだ。
　でも…。
　まぶたが、震えた。
　——彼はさらに、記憶さえも失ってしまった。
　すべてを…失ったんだ。
　お母さんもお父さんも、友達も先生も。
　陸上部員も、そして、あたしも…。
　幸せな記憶も、辛い記憶さえも。
　…全部全部…白紙になったんだ…。
『人が不幸を感じるのはね、幸せだった頃の記憶があるからだよ』
　いつか誰かが…そう言った。
　…でも、なにが幸せか不幸せかなんて、もうわからないくらいに、日向は、一番大切だったものを失ったんだ。
　だけど一番悲しいのは、日向自身がそれを知らないのだということ。
「…っ…」

ひとすじの涙が、頬をこぼれ落ちる。
　──日向…。
　あなたはたしかにそこにいて、この世界には地面があって、風が、あるのに。
　一番、一番大切なものがないんだ…。
　日向の、地面を強く蹴る足と…。
　"走りたい"と願う気持ち。
　──神様、お願いです…。
　あたしの大切な人から、一番大切なものを奪わないで…。

薄れぬ想い

【柚 side】
　…空は、皮肉なぐらいに晴れていた。
　まだこの世界は、君を知らないのだろうか。
　君が、こんなにも深い傷を、負わされていることを。

「…いい天気、だな」
「……」
　雲ひとつない青空を見上げると、輝く太陽のまぶしさに目を細めた。
「晴れてる…」
「…柚？」
「…日向がいるから太陽があるんだ、なんて思ってた」
　でも…ちがうんだね。
　あたしはグラウンドを整備する手を休めないまま、静かに続けた。
「一日は24時間で、太陽は朝にのぼって夕方にしずんで…夜が明ければ、またのぼる」
　風は吹き、花は揺れ、この地面は人を支え、あたし達は、同じ時間の流れの中で生きてゆく。
　——たとえそこに、君がいなくとも。

「柚…もういいから、休めよ」

「……」
「柚！」
　拓巳はあたしを抱きしめるようにして、作業をやめさせた。
「お前まで…こわれんなよ」
「っ…」
「先輩がなんで今日をオフにしたのか…よく考えろ」
「…だって、忘れちゃいそうで怖いんだもん…！」
　あたしは拓巳の腕をつかんで…唇をかみしめた。
「あたし怖い…すっごく、すごく怖いよ…！」
「ゆ…」
　人の記憶ははかない。
　明日…消えるかもしれない。
　なにもかも、消えるかもしれない。
　あなたが走る姿まで、あたしも忘れてしまうのかもしれない。
「あたしがすべてを覚えてなかったら、日向は…っ…日向は…！」
「柚！」
　拓巳は不意にあたしの肩を強くつかんで、揺さぶった。
「っ、たく…」
「お前、肝心なこと忘れてないか？」
「え…」
　拓巳の鋭く真剣な瞳が…あたしを、まっすぐとらえる。
「たく…み…」
「…日向は、生きてる」

"生きてる"…そのまっすぐな言葉が、なんとも言えない熱を持ってあたしの心に入りこんできた。
「あいつ…がんばって生きてんじゃん…」
「…う…」
　たくさんの器具を体につながれて、細い命の糸を必死でつなぎ止めて、いくつも襲いかかる苦しみに耐えて。
　…だけどたしかに、熱い息を伴って。
"日向は生きてる"
　…拓巳のその言葉に、あたしは手を止めた。
「う…ん…」
「…送るから…今日はもう帰ろう。な…？」
「…うん…」
　ありがとう。
　そう言いたいのに…いろんな感情で、胸がいっぱいで。
　なにも言えなかった。
　…まだ涙はかれてなかったんだね…。

　日向の事故は、今朝、校長先生によって全校生徒に知らされた。
　みんな、なにも言えずに…とくにあたし達のクラスは、涙さえ流さずに静まり返っていた。
　みんな…信じたくなかったんだ。
　"藤島の風"がもう吹かないなんてこと。
　日向がもう走らないなんてこと。
　…信じられるわけがない。

それは当たり前の感情で。
　学園は、太陽を失った空みたいだった。
　日向のいない教室はひどく暗くて冷たい。
　…あたしの特等席は、空白の席を見つめる悲しい場所へと変わった。
「柚ちゃん…大丈夫？」
「うん！　大丈夫…だよっ」
　明るくふるまうことしかできなかった。
　笑顔をつくってないと、泣きそうだった。
　日向がいないだけで、あたしの世界はすべてを変えてしまって。
　…そこに光はなにもなかった。

「柚ちゃん、今日…」
「大丈夫です！　ちゃんと部活に行きますっ」
「そうじゃなくて…さ」
　廊下で会った先輩達に、笑顔を浮かべてそう答えると、雄大先輩が代表して、あたしをさとすように言った。
「日向に…会いに行こう」
「…え？」
　涙をこらえて、逃げるように病院を去ってから、2日。
　あたしは…おばさんから電話があっても、日向の病院に行くことはなかった。
　…本当はまだ、日向と言葉を交わしてもいない。
　だけど怖くて、行けなかった。

「君は…誰?」
　そう言われたらきっと、あたしの心はこわれてしまうだろう。
　こわれたくなかった。
　こわれちゃいけなかった。
　…もう二度と会えなくなってしまうような、そんな気がして。
「柚ちゃん、向き合わなきゃダメなんだよ」
「でも…!」
「日向がどれだけ陸上を好きだったのか、一番知っていたのは柚ちゃんだ」
　優しくて、でもまっすぐな隆史先輩の言葉に、なにも返せなかった。
「日向にとって"記憶"と"足"がどれほど大切かも…一番知っていたのは柚ちゃんだ」
「……」
「君は、日向を見てあげなくちゃいけない」
　日向が今なにを失い、なにを苦しみ、なにを感じているのか、を。
「だからさ…行こうよ」
　再び雄大先輩に、手を引かれて、
「…はい…」
　…あたしは静かに、うなずいた。

「みなさん…来て、くれたんですね」

2日ぶりに会ったおばさんは、信じられないくらいに変わりはててしまっていた。
　体はやせ、目の下には少しクマができていて…おばさんが一時(いっとき)も日向(ひな)のそばを離れていない証拠(しょうこ)だった。
「それで、日向は…」
「…記憶喪失(きおくそうしつ)。はっきりと診断(しんだん)されたわ」
　病院の1階にある、大きなソファに腰を下ろして、おばさんは目を伏せると、つぶやくように言った。
「…服の着方。箸(はし)の持ち方。そういう習慣的なことはすべて記憶に残ったままなの。先生の診断によると、日向にとって印象の強かった記憶…たとえば家族や友達、陸上などの部分的な記憶がそこなわれているそうなの」
　だから、私の名前も覚えていなかった。
　…おばさんが小さく小さく付けたしたその言葉が、ひどく悲しくて切なかった。
「それらすべてを覚悟(かくご)の上で…会ってやってちょうだいね」
「はい。わかりました」
　代表して、隆史先輩がそう答えた。
　…あたしも拓巳も雄大先輩も…他の部員達もみんな、うなずいた。
　受け入れたくなくても、受け入れなくちゃいけないことは…この世界にあふれてる。
　そう自分に、言い聞かせた。

「…日向、入ってもいい？」

おばさんが病室のドアをノックすると、心臓がドクン…と音を立てた。
「…どうぞ」
　愛しい声が、返ってくる。
　まさか記憶を失ってるなんて信じられないほどに、あまりに変わらない声。
「私は…行くわね」
　おばさんはそう言って優しく微笑むと、会釈してからその場を立ち去っていった。

「っ、日向…」
　あたしは知らず知らずのうちに、誰よりも早くドアに手をかけて。
　…ガラ…と開いた。
　日向はベッドから上半身だけを起こして、静かに窓の外をながめていた。
　少し茶色っぽい、やわらかな髪。
　やせているというわけではないのに華奢で、きれいな体のライン。
　…なにも変わらない。
　ただ足にはめられたギプスやいろいろな器具が、痛々しいだけで…。
「ひな…た？」
　再び名前を呼ぶと、日向は静かにこっちを振り向いた。
　そして小さく、微笑んだ。

「…柚」
「…え…っ!?」
　一瞬…心臓が止まったような…そんな気がした。
　…呼吸がうまくできなくて、体が動かなくて。
「…っ!?」
「柚。…すげーいい匂い」
　日向は長い腕を窓の外へと伸ばして、大きく伸びた柚の木から葉っぱをひとつ取った。
「特等席だろ、ここ。…匂い、かいでみ？」
「あ…」
　なんだ…。
　…なにをまた…淡い期待を抱いてしまったんだろう…。
　そう息をついて…でも、あたしは日向のそばへと歩み寄った。
「柚…」
　そうつぶやいて、日向から受け取った葉の匂いを静かに確かめる。
　心が…落ち着くような気がした。
「いい匂い…」
「だろ？」
「…あたしの名前も、柚って言うんだよ」
　自然に、微笑んだ。
　…どうしてだか、無理なくそう言うことができた。
「ゆず…か」
　日向は目を閉じて、反芻するようにその名前を呼んだ。

「…いい名前だな」
「っ…ありがと…」
　それだけで、胸がいっぱいだった。
　この感情の名前が見つからない。
　…それでも言うならば"愛しい"。
　——君が生きていることが、ありえないくらいに愛しい。
「日向…」
「…ん…？」
「生きていてくれて…ありがとう…」
　それ以上になにがあるんだろう。
　おろかだった。
　欲張(よくば)りだった。
　…それ以上なんて、望んではいけなかったんだ。
"生きてる"
　…それがどんなに尊いことなのか、目の前で優しく微笑んでいる日向の存在が教えてくれた。
「一っ…」
「…柚」
　拓巳が優しくあたしの腕を引いて、背中をさすってくれた。
「…ありがと…」
「どーも、相原日向」
　変わって…隆史先輩が明るい笑顔で、日向の前に立った。
「…どうも。…んと…」
「俺達は少しだけ年齢(ねんれい)の差があるけど、お前とすっごく仲がよかったんだ」

雄大先輩が隆史先輩の肩越しに顔を出して、そう続けた。
「早く戻ってこいよ。いつでも待ってるから」
「あ…ありがとうございます」
　少しとまどったようにそう返す日向に、隆史先輩が微笑んだ。
「すげー毒舌だったのに、口調がやわらかくなったな」
　…その表情は少し切なくて、少しさみしげで。
　でも、あたしがもう一度先輩の目を見たときには、いつもどおりのいたずらっぽい瞳に戻っていた。
「せんぱ…」
「じゃ、明日からもほぼ毎日見舞いに来るからな！　ウザイと思うけど覚悟しとけよ？」
「あ、自覚あるんですね」
「…もっぺん言ってみ、雄大？」
「なんでもないです」
　軽口をたたいて、明るく笑いながら。
　日向の前では決して涙を見せまいとする人達。
　…あたしも、強くならなきゃいけないのだと思った。
「…また、来るね」
　先輩達に続いて病室を出る前に、あたしは日向にそう言って微笑みかけた。
「おう。…ありがとな」
　…そして、そこでやっとお見舞いの花を持ってきていたことを思い出した。
「あ、忘れるところだった」

「…ん?」
「これ…」
　あたしが選んだ、赤くて小さな花をたくさんつけた鉢(はち)。
　日向に差し出して、
「ゼラニウム。小さい花が次々と付くの」
　と説明した。
　…選んだ理由は、言おうとしたけどやめた。
「水、あげてね」
「俺よりもお前…柚、に似合ってるけどな」
　日向は少し苦笑いして、花を受け取ってくれた。
「たしかに日向には可愛すぎるかも」
「な?」
「またね」
　泣かない。
　日向がいるから…もう、泣かないよ。

君のいない日々

【柚 side】
「Next...Yuzu?（次は…柚？）」
「Yes, the answer is...（はい、答えは…）」
　英語の時間になると、思い出して困る。
　…いつも爆睡してて、先生に当てられて、めんどうくさそうに…でも、きれいに英語を読みあげる彼の横顔を。
「もっと動いてパスを受け取りに行け！」
「柚、パスっ」
「はいっ」
　…バスケも得意だった、彼の姿を。
　あなたが誰よりも軽やかにドリブルをしながら走って、シュートを決める姿はもう見られないのかな…。

「先輩！　記録、上がってますっ」
「え、本当に!?」
　グラウンドを見ると、そこには相変わらず風が吹いていて、心はまだ少し、切ない。
　強くなることは難しいこと。
　…あたしに、できるのかもわからない。
　だけど、あたしががんばらなくちゃ、きっと…大切ななにかが消えてしまうから。
「柚ちゃん、お弁当は？」

「あ。あたし食堂だから！」
　友達に誘われても、あたしはそう断って、パンを持って、ひとりで屋上へと向かった。
　誰かが日向の話をするのがイヤだった。
　日向のいない教室にいるのがイヤだった。
　…どうしようもないくらい、ひとりになりたくなった。

「金谷」
「っ…」
　屋上に行こうとする途中、廊下で担任に呼び止められてびくっとした。
「はい…？」
「…どうだ、最近？」
　心配してくれているのだと、すぐにわかった。
「はい。大丈夫です」
「あまりひとりで抱えこみすぎるなよ？　なにかあったら相談するように」
「ありがとうございます」
　ひとりで、かぁ…。
　そう担任の言葉を反芻しながら、屋上でパンをほおばった。
　風が涼しくて、教室よりもずっと気持ちいい。
「…記憶って、はかないな…」
　思わずそうつぶやいていた。
　日向は今、どんなふうに物事を感じているのだろう。
　美しいことも汚いことも、幸せなことも苦しいことも、

すべて白紙に戻った心で。
　…この世界は、どう見えている？
　そう問いかけたい。
「すべてを忘れられたら楽なのにな」
　小さいころから、軽く使ってきた言葉の真の重さを。
　…伝えてほしい。
　教えてほしい。
　口を固く結んで、目を閉じた。
　まぶたにやわらかい風を感じて心を落ち着ける。

「あの…先生」
「はい」
「日向の記憶が戻る可能性は…」
「なんとも言えません」
　ふとした衝撃で"戻る"かもしれない。
　一生"戻らない"かもしれない。
　…確かなことは、なにひとつなかった。
　足だって、リハビリを重ねれば"歩ける"かもしれない。
　けれど傷があまりに深く、足の損傷が大きいため、"動くのが精いっぱい"になるかもしれない。
　…日向が再び走れるようになる可能性は、悲しいくらいに小さくて。
「とにかく、信じよう。俺はずっと、ずっと日向を待ってる」
　結局、大会を辞退した隆史先輩はそう言った。
　３年生は引退しても自主練を続けながら、あの部室で日

向を待っていた。
　２年生も…。
　そして、拓巳とあたしも…。
　…日向のいない部室は、やけに広く見えた。

「日向、柚ちゃん来てくれたわよ」
「…おう」
「こんにちは」
　おばさんに、まずあいさつをしてから、あたしは、日向の病室に入った。
「おかげん…いかがですか？」
「べつに頭が痛いとかはない。…けど」
　日向は少し顔をしかめながら、いろいろと巻きつけられた重そうな足をながめた。
「…"歩く"ってどういう感覚、なんだ？」
「えっ…と」
　言葉につまる。
　…歩く、ってどんな感覚？
　あまりに当たり前の感覚を、うまく説明できない。
「…っ、と…」
　ゆっくりと、足踏みをしてみると、日向が不意に吹き出した。
「なにやってんだよ」
「だって、やってみた方が伝わりやすいかと…」
　そう言って口をとがらせていると、ふといい説明を思い

ついた。
「あ」
「なに」
「…空気の上を踏みつけて越えていくような、そんな感じ」
「へぇ」
「伝わった?」
「全然」
「なっ…!」
「ウソ。…なんとなく伝わった」
　日向はいたずらっぽく笑った。
　そんな表情を見ていると、なぜだか胸が苦しくなった。
「じゃあさ」
「うん…」
「"走る"ってどんな感覚?」
　それは…。
　あなたが誰よりも一番よく知っていたはずなんだよ…。
　涙をこらえて、あたしは背すじを伸ばした。
「風になること」
「…え?」
「走ることは、風になること。透明な風になること。…ある人がね、以前にそう言ってた」
　こんなに切ない気持ちは、初めてだった。
「風に…か」
　こんなに誰かを大切に思うのも。
「あ、花にお水あげてる?」

「…やば。今日は忘れてた」
　あたしは、あなたを守れなかった。
　誰かを守るには幼すぎた。
　今度こそはって、何度も思うのに…。
「日向」
「ん？」
「走るってどんな感覚だと思う？」
「んー…」
　記憶をなくしても、足が動かなくても、温かくて明るい日向の強さに、あたしは依存していたのかもしれない。
「わからないけど…。…でも、すげー気持ちよさそう。"走りたい"」
　そうつぶやいたあなたの表情を。
　…あたしはきっと、忘れない。

　その夜、夢を見た。
　日向の姿をひと目見た瞬間…あたしは、これが夢なのだと気づいた。
　日向の足にはなにも巻かれていなくて、自由で自然で、軽やかに、あたしの目の前のグラウンドを走っていた。
「…っ」
　夢だとわかっていても。
　ううん、わかっているからこそ、呼び止めたら、優しい君はきっと立ち止まってしまうから。
　だから、呼び止められなかった。

もう少しだけ、日向が走っているのを見ていたかった。
「…柚、また泣いてんのかよ」
　夢の中の日向は記憶を持っていた。
　夢の中の日向は、透明な風だった。
「っ…泣いてないよ…」
「いや、泣いてんじゃん」
「だって…だって、だって…！」
　これ以上なにを言えるだろう。
　これが夢だなんて言えない。
　言った瞬間きっと、この愛しくはかない夢は覚めてしまう。
「ひな…たっ…」
「なに？」
　日向は優しく微笑みながら、あたしの髪をあやすようになでてくれた。
「…忘れないで…」
「…え？」
「日向は、日向の大切なものを、忘れないでいて…」
　…でも、その言葉は夢だから言えたのかな。
　…本当はね、
"君を忘れない"
"だから君も私を忘れないで"
　そういう花言葉を持つ、忘れな草を日向に渡すつもりだった。
　…だけど、
「だけど…」

そんなのは、あたしの身勝手なわがままだ。
　記憶ははかない。
　それ以上に、人もはかない。
　大切なものは、すべてはかない。
「日向…」
「…ん？」
「あなたが生きていてくれて…よかった」
　あなたがこの世界にいることが、あたしの最も尊い奇跡です。
　だから、幸せでいて。
　どこにいても。どんなときも。
　…夢が覚める直前に、たしかに風が吹いた。
　ああ、ちゃんと言えてよかった。
　心からそう思った。
　…あたしが日向に選んだ、ツボミのたくさん付く花。
　その花言葉は、

　　——"君ありて幸福"。

人知れず

【日向 side】
　自由な足と、記憶。
　俺がなくしたものは、そのふたつだと医師から聞かされた。
　…だけど。
「…このツボミ、もう少しで開きそうだね」
　ほぼ毎日病院にやって来る"柚"。
　その横顔を見ていると、ふと複雑な思いに駆られる。
　…俺が失ったのは、本当にそのふたつだけなのだろうか。
「そういえば、今日ね…」
「柚」
　ゆず。
　その名前を呼ぶたびに、なぜかはわからなくても心が温かくなる。
　かなり不思議な存在だ。
「…え」
「俺の話は聞いてくれねーの？」
　少し意地悪くそう言ってみると、柚があたふたした顔になった。
「わ…ごめん！　えと、どうぞっ」
「どうぞ、って」
　俺は軽く笑うとベッドから上半身だけ起こして、柚の触れていた"ゼラニウム"という花に手を伸ばした。

「この花言葉ってなに？」
「は…花言葉？」
「柚なら知ってんだろ？」
　柚は少し目を見開いたあと「愛とか…尊敬とか…」とつぶやき始めた。
　…やっぱりあれは夢だったのか。
　俺は首をひねりながらも、最後の望みとして聞いてみた。
「"君ありて幸福"って意味は…なかったっけ？」
「え…」
　びくっと、柚の小さな肩が揺れた。
　…そう。
　夢の中で君がたしかにそう言ったような気がしたんだ…。
「日向、その意味知って…え？　なんで？」
　とまどう柚の表情が、不思議なほどに愛しくて。
　…知らず知らずのうちに、そのやわらかい髪をなでていた。
　柚の体がこわばって、その目がうるみだす。
「あ、悪い。つい…」
「…っ」
「柚、ごめんな」
「…や、やっぱり…」
「柚？」
「あなたは…日向だよ…」
　柚はそうつぶやいてから、不意に抱きついてきた。
　ぎゅっと服のすそを握りしめて、俺の腕の中に華奢な温もりをあずけてくる。

…初めてされる行為、のはずなのに、不思議とまったく不快ではなかった。
　…むしろ、なつかしい感覚さえした。
「…柚」
「日向…っ」
　もどかしい気持ちだった。
　だけどどうしても、その先は思い出すことができず、ただ柚の温もりが、無性に愛しくてなつかしかった。
　俺の腕の中で、ほんの少しだけ震えている小さな体を。
　…少し強く、抱きしめた。
「ひな…」
　柚の体は楽に俺の腕の中に収まった。
　もどかしい感情は余計に高ぶって、その"なつかしさ"や"愛しさ"が俺にはつらかった。
「…わからない…」
「え…？」
「わかんないんだよ、俺にはなにも…」
　なんでこんなに君がなつかしく愛しいのかも。
　なんでこの手のひらはこんなにも君に沿うのかも。
　俺の体はまるで、君を抱きしめるために生まれてきたかのようで、抱きしめてその髪に指を埋めたまま、俺は自然に涙がこぼれるのを感じていた。
「わかんないんだ…」
「日向…」
「…ごめん…」

俺の記憶を…返してください。
　あるいは俺を永遠に柚の前から消し去ってください。
　──神様は、どこまでも残酷だ。

「っ…」
「日向…大丈夫だよ」
　柚はもう泣いてはいなかった。
　だけどその声は、少しだけ震えていた。
「生きてる限り…希望はあるんだよ？」
「…え」
「日向は、あたしの生きる理由だったの。…もうずっと昔から」
　だから、そんなこと言わないで。
　そうささやくように言った柚の声は、ただ優しかった。
　"生きてる限り希望はある"
　…本当に？
　"生きる理由"？　…俺が、柚の？
　そこに君がいる限り、希望は消えないのだろうか。
　たとえ君を泣かせても、たとえ君を永遠に思い出せなくても、俺はここにいても、いいですか？

「…母さん」
「なに？　日向」
「そろそろリハビリ…できんのかな？」
　花瓶の水を入れかえたりして、病室を軽く掃除していた母さんにそう話しかけると、母さんの手が、止まった。

「リハビリ…？」
「歩けるようにはなるかもしれないんだろ？」
「…ええ、そうね」
　喜ぶかと、思った。
　だけど母さんの目は少し切なげに曇っていた。
「…どうかしたわけ？」
「ううん、なんでも。…そうよね。がんばらなくちゃね」
　気のせいか？
　そう思わせるくらいに、次の瞬間には笑顔になっていた。
　…俺は本気で"歩ける"ようになれたらそれで十分だと思っていた。
　信じられないかもしれない。
　だけど、俺にとって"歩けない"ことは周りが思うほどつらいことではなかった。
　だって俺は、歩いていたときの記憶がないのだから。
　その幸せを、その感覚を、知らないのだから。
　…だから"不幸"だとは思わなかった。
　すぐ目の前にいる彼女を思い出せないことの方が、よっぽどつらかった。
「ひーなた」
「こんちわー」
「…あ、どうも」
　正体不明のこの"先輩達"は、気をつかってるのか…柚と重ならない時間帯にやって来る。
　部活はなにをやっているのかは不明で、教えてくれない。

ただその体つきからして運動部であることはまちがいないと思う。
「…あの」
「ん？」
「どうして、何部かは教えてくれないんですか？」
　３年生が引退したために部長になったらしい"雄大先輩"は、ベッドの隣のいすに腰かけた。
「…口止めされてるから、ってのもあるけど」
「え…？」
「日向に、答えを見つけてほしいから」
　そういたずらっぽく笑う雄大先輩の顔が、なんとなくなつかしかった。
「…じゃあ、推測してみたの言ってもいいですか？」
「え？」
「まず、晴れの日は来る時間帯が遅いのに雨の日は早い。あと体つきからしてまちがいなく運動部。しかも、かなりハードな」
　そう言うと、先輩達は顔を見合わせはじめた。
「すげーな…」
「やっぱ頭の回転は日向のまんまだな」
「部員の数から考えると…少人数で成り立つのはそんなに思いつかないから」
　そこまで言って、再び考えた。
　…そうだ。少人数なんだ。
　サッカーでもバスケでもハンドでもなく…。

「…陸上、とか？」
　…時間が、止まったようだった。
　先輩達の静かな視線から、俺はその答えを確信していた。
「…俺は、陸上部だったんですか？」
　…陸上部。
　声に出してみると、ほんの少し震えた気がした。
　"なつかしい"でもなく、"温かい"でもなく、こわれそうなほどに、もろくはかなく、だけど大切に思える。
「…そうだよ」
　雄大先輩が、静かにうなずいた。
「日向。お前は陸上部のエースだったんだ」
　…俺が？
「お前は、俺達の"風"だった」
　…か…ぜ？

　　──"風になること"
『走ることは、風になること。…ある人がね、以前にそう言ってた』
　柚の言葉を、思い出していた。
　それと同時に、不意に頭をよぎったのは、
「っ…！」
　──青空の、断片。かすかに耳に残る、歓声。
『日向ぁぁ…っ』
『がんばれっ』
　夕焼けに染まった帰り道。

——隣にいたのは、柚だった。
『日向はどこに行きたい？』
『んー、俺はべつに』
　…目の前がまっ暗になった。
　世界が反転した、あの瞬間。

「っ…！」
　とぎれとぎれの断片が、脳内をかすめて、強い痛みを感じた。
　……今のは、なんなんだ…？
「日向…!?」
「っ…あ、大丈夫です…」
　俺の体を支えた先輩に、そうつぶやくと、続けて言った。
「今日は…帰ってもらえますか？」
「ひな…」
「…ひとりに、してください」
　先輩達が帰った後、俺は母さんの入室も拒んだ。
　ただ、汗が止まらなかった。
　空気もなにもない世界に行って、ひとりになりたかった。
　…思い出すことが怖い。
　それは人知れぬ思い。
　思い出すことで、なにかを失う気がした。
　完全に思い出した時、俺は本当の絶望を知るのかもしれないと感じていたから。
　…そしてそれは、まちがいではなかった。

愛しい記憶

【柚 side】
「拓巳、最近調子いいね」
「まぁな。次の大会は絶対勝つし！」
「隆史先輩、そろそろ受験に専念(せんねん)しなくていいんですか？」
「大丈夫！ …じゃない」
「あらら」

　相変わらず部室は騒がしくて、だけど確実に時は流れて。
　部長の座は隆史先輩から雄大先輩にゆずられ、季節はもう秋がめぐってきた。

「そろそろ上がろうか」
「はいっ」
　…あれから誰も、もちろんあたしも日向の話題を口にしない。
　理由は…たったひとつだった。
「誰とも会いたくないんですって…あの子がそう拒んだの」
　陸上部だった。
　そう知らされたあの日から、日向は人と会うことを拒むようになった。
　おばさんは静かにそう告げた。
「あの子は…思い出すことが怖いんだと思うの」
「…え…？」

「記憶を失うということがどんなものなのか…私達にはわからない。少なくとも日向は、私達にはわからない苦しみを持ってる」

おばさんは涙をためた目で、あたし達を見つめた。

「だから…ごめんなさいね。日向が望むまで…日向が会いたいって言うまで。もう会いに来ないでほしいの」

日向を誰よりも愛しているおばさんだからこそ、出せた答えだった。

だから誰も…なにも言えなかった。

でもあたしの中では、小さくてもろいなにかがこわれてしまったような気がした。

「日向を忘れてください」

…そう言われたような、気がした。

「柚ちゃん、片づけ…」
「大丈夫です！　あたしひとりでやりますっ」
「え、でも…」
「みなさんは先に着替えちゃってください」

笑顔をつくって、そう言って。

…ひとりになった後、再びグラウンドをながめた。

白いラインを引いた、地面。

地面に転がった、ストップウォッチ。

ひもを引っ張って拾いあげると、あたしはそのまま白いラインの端っこへと歩いていって、中距離、長距離の"スタンディングスタート"をかまえてみた。

「よーい。…なんてね」
　おかしくもないくせに、ひとりでくすくすと笑った。
　無性に悲しかった。
　無性に孤独(こどく)だった。
　ジャージのそでで、こぼれ落ちそうになった涙を拭うと、もう一度スタートをかまえて、がむしゃらに走り出した。
「ーっ…」
"わき引きしめて、腕しっかり振って"
"呼吸のリズムをしっかり整える"
"足の裏をべたんとつけるんじゃなくて、軽やかに"
　小さい頃から、日向はえらそうで、あたしの走り方をあれこれ指摘(してき)してきた。
「っ…！」
　足が折れてしまうくらいの勢(いきお)いで、必死に800メートルを走り切ると、体がグラウンドに倒れこんだ。
「っ…た…」
「がんばったな」
「…え…？」
　日向の声が聞こえたような、気がした。
　…けれどそれはやっぱり、気のせいで、そこには風と地面があるだけだった。
「日向…っ」
　…なんで、忘れなくちゃいけないの？
　そんなの…。
　地面が、ぐにゃりとゆがんで見えた。

大粒の涙が、あふれた。
無理だ…。
できないよ…。
あなたの走り方、走る姿…呼吸ひとつさえ、鮮明(せんめい)に覚えているよ。
「っ忘れるなんて無理っ…無理だよ…っ」
「柚」
「ーっ…く…」
　後ろから、拓巳の声がした。
　…聞こえていても、振り向けなかった。
「帰るぞ」
「うーっ…」
「ほら、ちゃんと立って。…お前がしっかりしなきゃ、どうすんだ」
　拓巳はあたしの腕を引いて、立たせてくれた。
「っくっ…」
　いつも強くて、優しくあたしを支えてくれる。
　そんな拓巳に、あたしはいつも泣きっぱなしで、ありがとうも言えなかった。
　…ねぇ、日向…。
　あたしは…強くなりたいよ。
　強くなりたい。
　…もう泣きたくないの。
　誰かを守れるほどに…あなたを守れるほどに、強くなりたいの。

あの日、日向と歩いた茜色に染まる道を…今は拓巳と歩いていた。
「見てみ、柚」
「……」
「もうすっかり秋だなー。紫苑(しおん)が咲いてる」
　明るい声だった。
　明るく、優しくあたしに話を続けてくれた。
「紫苑の別名知ってるか？」
「…ううん」
「"忘れな草"って言うんだ」
「…え？」
　思わず、拓巳を見上げた。
　知らなかった。
　忘れな草の名前は知っていたけど、紫苑の別名だったとは。
「なんか昔の伝説で…親を亡くした兄弟が、墓参りに行ってそれぞれ持ってきた草花を植えるんだ」
「うん」
「兄が植えたのが、悲しみを忘れるための"忘れ草"。…弟が植えたのは、永遠に忘れないための"忘れな草"…別名、紫苑」
　花言葉は、"君を忘れず"。
　拓巳はそうつぶやくように言った。
「墓を守る鬼(おに)は…弟の、親を忘れまいとする愛に感心して幸福を与えたんだってさ」
　野菊(のぎく)に似た、紫(むらさき)色の美しい花。

気がつけば、立ち止まっていた。
　…拓巳の優しい、優しい目があたしをまっすぐと見つめた。
「忘れる…って、難しいことだと思う。不可能だと思う。忘れたら楽だなんて言うけど、忘れるという行為自体がはてしなくつらいものだと俺は思う」
「たく…」
「だけど」
　だけど。
　拓巳は強く、あたしに言った。
「忘れないことも大切だと思う」
「……」
「もしかしたら忘れるよりも難しいかもしれない」
　その言葉は深く胸に響いて…いつまでたっても、消えなかった。

　いつの間にか、病院の前に来ていた。
　もう何時間こうしているだろう。
　目の前の白い建物を何度も見上げては、ため息をつくばかりだった。
　…拒まれてるのに入ることなんてできない。
　そんなの…日向を傷つけるだけに決まってる。
　そう考えると、どうしても一歩が踏み出せなかった。
　だけど…帰ることもできなかった。
「どうしよ…っ…？」
　小さくつぶやいた、そのとき。

…つま先にトンと軽い衝撃を感じた。
「あ」
　転がってきてぶつかった、薄汚れた白いボール。
　それを拾うと、「ありがとうっ」という可愛い声が聞こえて、病院の中庭の方から３人の男の子達が走ってきた。
「ありがとう、おねえちゃん」
「いーえ。はい」
　しゃがみこんで、視線を合わせてみた。
　可愛いな、と自然に笑みがこぼれてしまう。
　男の子達はここに入院しているとは思えないほどに元気で、笑顔が輝いていた。
「おにいちゃんにもらったボール、なくしちゃうところだったよ」
　ボールを抱きしめた、３人のうちのひとりの男の子に微笑んだ。
「お兄ちゃんがいるの？」
「ううん。僕達のおにいちゃんじゃないよ。ここに入院してる、車いすのおにいちゃん。ときどき一緒に遊んでくれるんだ」
「そうなんだ。優しいんだね」
「今日は来ないね。ヒナタにいちゃん」
　…ヒナタ…？
　隣からそう言った子の言葉に、思わず息をのみこんだ。
「…え…日向？」
「うん。僕たちがボールほしいねって言ってるのを聞いて、

コレくれたんだ」
　そういえば、そのボールには見覚えがあった。
　日向が昔、ドッヂボールだのバスケだの…なんにでも駆使していた、白いボール。
「…おねえちゃん？」
「あ、ごめんね。なぁに？」
「おねえちゃん、ヒナタにいちゃんの知り合いなの？」
　そう聞いてきたまん中の男の子の頭を優しくなでて、微笑んだ。
「うん。まぁね」

『ヒナタにいちゃん、僕たちが追いかけっこをしてるの見て、こう言ったんだ。すごいなつかしい感じがする、って。…ヒナタにいちゃんも、むかしこんなふうに遊んでたのかなぁ？』

　日向は…。
　…どんな気持ちで、ボールを渡したの…？

「…来んなって、言ったのに」
「だって…」
　来ずには、いられなかった。
　会わないと…死んでしまいそうなくらいの、思いだった。
　久しぶりに会った日向は、車いすに乗ったまま黙って窓の外をながめていた。

「…リハビリ、がんばってる…？」
「リハビリ？　…そんなの、意味ないだろ」
「え…」
　窓から入ってくる夕陽に照らされた病室はオレンジ色に染まり、日向の髪も、やわらかい色に染まっていた。
　だけど、振り向いた日向の表情は…今までに見たことがないほど、冷たかった。
「ひな…た？」
「知ってるはずだろ？…どんなにがんばったって、せいぜい"歩ける"程度なんだよ」
　その声は、悲しみに満ちていて、あたしはぼんやりと、それを悟っていた。
　それは望んでいたはずなのに怖い答えだった。
「ウソだ…」
「は…？」
「…なつかしいなんてウソ。日向…。…思い出した、んでしょう…？」
　その瞳を見れば、その声を聞けば、わかった。
　日向がなぜあたし達を拒んだのか。
　リハビリを始めないのか。
　あのボールを手放したのか。
　…全部、全部。

二度目の絶望

【柚 side】
　少しずつ外は暗くなり、部屋は影を増してゆく。
　横顔は夕陽に照らされ…日向は冷静な瞳のまま、静かにうなずいた。
「早かった…だろ？」
「日向…」
「…記憶が戻るということは、もっと幸せなことだと思ってた。もっと温かいことだと思ってた」
　…でも実際は、ちがった。
　日向は消えそうなほどに小さな声でそうつぶやいた。
「初めて、"足"を失ったことを知らされたような気がしたんだよ」
「……」
「…本当、ありえねぇ…。なんでだよ…？　なんで俺が、こんな…」
　唇をかんで、涙をこぼす日向を、抱きしめることもできなかった。
「ーっ…」
　日向は…。
　二度、"足"を失ったんだ…。
　…もう走れないって知りながらも、生かされている。
　そのことが苦しくてたまらないんだ…。

あたしになにができるだろう…？
　　なにをしてあげられるだろう…？
　　…なにもない…。
　　なにも…ないんだ…。
「歩けたって…意味なんかない。走れなきゃ意味ねぇんだよ…！　俺はもう…一生走れねぇんだよ！」
　　そう叫ぶ日向の腕を、つかむことしかできなかった。
「っ…、そんなこと言わないでっ！」
「うるせぇよ！　柚に俺のなにがわか——」
「ずっとずっと日向を見てきたよ…！」
　　あふれる涙を拭って、日向に負けない声で強く言うしかなかった。
「なにがあっても負けない日向を…ずっと見てきたよ！」
　　憎まれてもいい。
　　なぐられてもいい。
　　…だけど、日向をずっとずっとそばで見てきた。
　　あたしの本音をどうしても伝えておきたかった。
「あたしは…あきらめない。あきらめ…られないよ…」
　　あたしは残酷ですか…？
　　おろか、ですか…？
「…日向が走ることを…あきらめたくない…」
「…っ」
「日向言ったじゃない…！　一秒一秒の大切さを身をもって感じられるから…風になれるから、それが幸せだから陸上が好きなんだって…！」

ほとんど涙声だった。
　自分でも、なにを言ってるのかよくわからないまま…ぎゅっと日向の腕を握りしめていた。
「ゆ…」
「あきらめないでよ…お願い…グラウンドというあんなに小さな世界で、あんなに輝いていた日向を…あたしに、もう一度見せてよ…」
　"わがままでごめんね…"。
　"つらいのは日向なのに、あたしが泣いちゃってごめんね…"。
　…あのとき、そう言えなくてごめんね…。

　あのとき　ちがう言葉を投げかけていれば
　あのとき　もう少し大人になっていたなら
　日向を失わずにすんだのかな
　今でもわからないよ
　だけどね
　何度あのときに引き戻されても
　あたしは同じことを言ってしまうと思うんだ
　"あきらめない
　君が生きることを
　君が走ることを"

「柚ちゃん？」
「あ、うん。なに？」

「ぼんやりしてるけど…大丈夫？」
「うん。平気」
　友達の亜美ちゃんにそう言われて、あたしは軽く自分の頬を打った。
　…しっかりしなきゃ。
　ぼんやりしてちゃ…いけないんだ。
「はい、席についてー」
「あ。教育実習生!?」
「きゃー、かっこいいっ」
　新しくやって来た数学の教育実習生に、クラスの女の子達が色めきたつ。
　日向に憧れの視線を注いでいた子達も、告白して想いをぶつけた愛ちゃんでさえも。
　暗くしずんでいた教室は、日向がいたときとあまり変わらぬ明るさを取り戻していた。
　…あたしはそれを、ただ見ているだけだった。

「輝崎拓巳」
「はいっ」
「県大会出場、おめでとう」
「ありがとうございます」
　拓巳は予想以上に実力を伸ばして、秋の県大会に出場することが決まった。
　驚いたのは、拓巳本人よりも先輩達の喜びようがすごかったこと。

「やったな、拓巳！」
「さすが俺の後輩っ」
　…相変わらず隆史先輩は、受験もほったらかしたまま、ここにいる。
　無論、他の３年生は受験勉強中だけど。
「先輩、受験…」
「柚ちゃーん。それは聞かなくていいんだよ」
　いや、よくないと思うんですが…。
　…人差し指をチッチッと振って、あくまでもクールを装う先輩にかけられる言葉など、なにもなかった。
「はぁ…」
　ここだけの話、マネージャーの仕事を手伝ってくれるからかなり助かってはいるんだけど…。

「柚ちゃんは中学のとき、何部だったわけ？」
「やめちゃいましたけど、一時期、陸上部でした」
　部室でのおしゃべりタイム。
　雄大先輩の質問にそう答えると、部員全員が少しざわめいた。
「へぇー」
「柚ちゃんが…」
「トロそうなのに…」
　…うん？
　今…なにやら失礼な言葉が聞こえたような。
「あたしは短距離走者(スプリンター)だったので、100メートルより先は走

れませんでしたよ」
　お茶を入れながら、そう話を続けて。
　…片時の記憶に、思いを馳せた。
　なつかしい。
　日向に近づきたいあまりに、入部したものの、その練習のきつさに耐えきれずに、すぐにやめてしまった。
　『柚は運動部には向いてねぇよ』って日向に言われて…すごく悔しかったな。
　でも、たしかにそうだった。
　あたしは陸上をするよりも、見ている方が楽しかった。
　陸上にかかわっているだけで、幸せだと感じていた。
　本当に。

「…柚ちゃん？」
「あ…ごめんなさいっ。はい、どうぞ」
　お茶を渡す手が、知らず知らずのうちに止まっていて、あわてた。
　いけない。
　今は、陸上部マネージャーの仕事に集中しないと。
　…集中、しないと。
「っ」
　軽く自分の頬をつねると、ふと雄大先輩と目が合った。
「……」
「…ミーティング終わったらさ、日向ん所行こうか」
「ぶっ」

その言葉に、陸上部唯一のスプリンター…真琴先輩がお茶を吹いた。
「マジかよ、雄大。…だってアイツ、もう走る気がないんだろ？　陸上をやってきた記憶があっても、もう戻ってくる気がないんだろ？」
「…俺達だったら、どうよ？」
　いつもの、おどけた目とはちがった。
　雄大先輩は真剣な目を…隆史先輩とあたしを含む部員全員に、向けた。
「足、出してみ」
「…え？」
「いいから」
　座っていた机から降りて、まっ先に足を一歩出したのは拓巳だった。
　続いてあたし、隆史先輩、しぶしぶ、真琴先輩…というふうに、言われた動作をぞろぞろと始める。
　それを確認してから、雄大先輩はゆっくりと口を開いた。
「その足をよく見つめるんだ」
「……」
「…これが突然なくなったら…突然失われたら…俺達、どうする…？」
　…どうする…？
　雄大先輩が語りかけたことは、日向の苦しみの一部に過ぎない。
　…だけど、その一部でさえも…あたし達は感じ取ろうと

しなくてはいけない。
　そうしない限り…日向に会う資格はないんだ。
「なぁ真琴…本気で、そう思うのかよ？」
「……」
「日向が…あいつが…"もう走る気はない"って…"もう戻ってくる気はない"って…本気でそう思うのかよ…!?」
　雄大先輩に肩を強くつかまれた真琴先輩は、きつく目を閉じた。
　…閉じたその目から、ひとすじの涙がこぼれ落ちた。
「そんなわけ…ないよな？」
「…っ、悪かったよ…」
「…走りたくても、走れない。どんなに戻りたくても、戻れないんだよ…」
　日向の…どこにもぶつけようのない苦しみを、悲しみを。
　…そのとき初めて、ちゃんと知ったような気がした。

　――日向。
　聞こえる？
　この声を、たとえあなたが聞いてくれなくても、あたしは語りかけるよ。
　日向だけじゃない。
　日向だけ…じゃないよ。
　みんな傷ついて…受け入れたくなくて、でも折れそうな心を引きずりながら、たしかに歩きだそうとしている。
　『あきらめないで』よりも『ひとりじゃないよ』って、

言えたならよかったね。
　あなたにとって、走ることが生きることと同じだったこと…あたしは知っていたつもりで、まだまだわかっていなかった。
　だけど、あたし達が日向に光を与えられると思ったことはね、まちがいだったとは思わないんだ。
　後悔…してないよ。
　あたしが陸上に出会ったことも。
　日向が陸上に出会ったことも。
　…日向に、出会ったことも。

断片

【柚 side】
　8年後、秋。

「…今でも、そう思う？」
「今でもそう思う」
　カラン…とアイスコーヒーの氷が涼しげな音を鳴らした。
　…薄い桜色のグロスを軽く塗った唇を、静かに開く。
「…日向は、走るためにいなくなったんだ、って」
　──アメリカ、カリフォルニア州。
　アメリカ人で埋めつくされた喫茶店で向かい合って話をする、ふたりの日本人がいた。
　…あたしと、同い年の仕事仲間。
「でも…彼の足は…」
　話を聞いていた彼女は、言いにくそうにそう言って眉をひそめた。
「…そう」

　あたしの話に、目の前の彼女はすっかり聞き入っていた。
「だけど…あたしは今でも信じてるんだ」
「でもね、柚」
　黙って話を聞いていた彼女は、不意に口を出さずにはいられなくなったように、言った。

「足を失って…他にどんな道があるって言うのよ」
「道はいくらでもあるよ。…作ろうと思えば、ね。...one more sugar please, waiter？（もう少しお砂糖をいただけますか？）」

　通り過ぎたボーイを呼び止めて砂糖を追加すると、あたしは目を伏せて再びコーヒーをかき混ぜた。
「でもね…たしかに、そこが問題なんだ」
「…え？」
「小さい頃に…日向が、もうひとつの夢を語っていた気がしたの」

　でも、それがなんなのか思い出せない。
　…あたしは目をきつく閉じて、もどかしさを感じながら首を振った。
「もう…忘れなよ、柚」
「……」
「彼はもう…いないんだよ」
"もう、いないんだよ"
　その言葉はあたしの心に、深く染みついて離れなかった。
　そうだね…。
　…もう…彼はいない…。
　まるで、透明な風のように…彼は去っていったんだ…。
「それより、仕事に集中しないとね」
「…うん。そうだね」
「本当に柚の自然できれいな英語、うらやましい！　昔から得意だったの？」

「ううん。本当に全然…」
　…日向に、教えてもらったんだ。
　その言葉をのみこんで、あたしは窓からの景色に目をやった。

　…8年前。
　不器用ながらも、たしかに毎日を精いっぱい生きていた。
　忘れるには思い出がありすぎる。
　――君のいた、思い出が。

光を探して

【日向 side】
　…昼下がりの、病室。
「体の力を抜いて」
　医師がそう言って、俺の足をゆっくりと上下させる。
　一種のリハビリらしい。
　いきなり歩く練習は無理だから、とりあえず動かす練習だとかなんとか。
「痛みがあったら、すぐに言うように」
「…先生」
　痛いわけではなかった。
　ずっと静かに足を見つめていたけど、俺はついに口を開いた。
「…世界がこわれるくらいに努力しても、俺は走れるようにはなりませんか？」
「……」
　答えを知りたい質問は、そのひとつだけだった。
　…他になにもなかった。
「日向くん」
「教えて…ください」
　俺は…なにをがんばればいいですか？
　…走れるようになるためだったら、なんにでも、すがりつく思いだった。

どんな痛みにも耐える。
　どんな努力でもする。
　そうつぶやいた俺に、先生は静かに足を下ろすと…視線を合わせた。
「日向くん」
「……」
「私達医者はね、君に淡い期待を抱かせることはできないんだ」
　その目にはなんの曇りもなく。
　…俺と、真剣に向き合ってくれている瞳だった。
「歩ける可能性はある。だけど、必ずしも歩けるようになるという期待は抱かせられない」
「…はい」
「歩けるようになったら、走れるようになるかもしれない。…でも、必ずしもそうだという、期待は抱かせられない」
　だけどね、と静かに微笑みを向けた。
　…優しい、笑みだった。
「期待は抱かせられなくとも、私達は君に希望を与えたいんだ。…そのために、いるんだからね」

　君に。
　君の人生に。
　君の夢に。
　…君を大切に想う人々に。
　希望、を。

「だから、日向くんも希望を与えてほしい。…誰のためでもなく、君自身のために。そして君の…大切な人のために」
　その言葉は、一生忘れられないものとなった。
　なにか…忘れかけていたなにか、大切なものを見つけたような気がした。
「先生」
「うん？」
「…ありがとう、ございます」
　この人に出会えてよかった。
　そう、思った。

『あきらめないで』
『あたしは…あきらめたくないよ。日向が生きることを。…日向が走ることを』
『生きてる限り…希望はあるんだよ？』
　柚。
　…柚。
　柚、柚…。
「…っ、ごめん…」
　先生が去って…ひとりきりになった病室で思い出すのは、柚のことばかりだった。
　あれだけ傷つけたくせに、俺はどこまで身勝手なんだろう。
　…柚の、着ていたジャージ。
　柚の…みんなのいた部室。
　柚が俺を見てくれていた、グラウンド。

すごくすごく、戻りたいんだ。
　それ以外のすべてを失ったっていい…そう思えるくらいに。
　俺は両手を使って、ゆっくりと右足を持ちあげた。
「…頼むから…動いてくれ…」
　がんばるから…。
　努力するから…。
　この体が朽ちるまで、あきらめないから…。
　…そしてもう柚を、泣かせないから。

　…その記憶は優しく、温かかった。
『ヒナタっ』
『なんだよ、ユズ』
『…ヒナタの夢って…なぁに？』
　…その日の夜。
　あの日のことを…ふと思い出したのは、なぜだろう。
　俺は、なんて答えたかな…。
『トップアスリート』
『やっぱりね』
『やっぱりってなんだよ』
『"スポーツバカ"のヒナタには、それしかないと思ってたよっ』
　くすくすと笑う柚の表情まで、不思議とあざやかに思い出せる。
『なんだよ、バカって』

『本当のことだもん』
　憎らしい奴。
　…俺よりもバカで、泣き虫のくせに。
『あ』
『なぁに？』
『トップアスリートもいいけど、もし無理だったら…』
『だったら？』
　だったら…？
　…その先の記憶はなかった。
　なぜか、すっぽりと抜け落ちていた。
　まるであの頃の俺が、いたずらで隠したかのように。
　"もし無理だったら…"。
　その答えが気になって、眠れなかった。
　…結局、答えを見つけたのは、明け方で。
　俺はすっかり眠りへと落ちていた。

「おや、日向くん」
「リハビリ…よろしくお願いします」
「…わかった。がんばろう」
　翌日から、俺はリハビリを自主的に開始するようになった。
　…前に進まなければ。
　少しでも、今よりも前に。
　そう思ったから。
「日向…リハビリ、がんばる気になってくれたの…？」
「…心配させてごめん、母さん」

ようやく素直に、そう言えた。
　…記憶があってもなくても、俺の前では涙を見せずに、そばにいてくれた母さん。
　この人を…俺の弱さで、泣かせることがあってはいけない。
「母さんはね、日向がいてくれるだけでうれしいのよ」
「わーってるよ」
　涙ぐんで、そう微笑む母さんの肩を軽くたたいた。
「…痛いほどわかってる」

　———記憶が戻ったことによって失ったものもあった。
　でも、たしかに、取り戻したものもあった。
　新たに手に入れたものも…ちゃんとあった。
　もうそれで十分だ。
　百個なにかを失っても、ひとつなにかを手に入れられればいい。
　———それだけで、生きている意味はある。
　そう気づくのには時間がかかったけれど、でも、たしかに気づくことができたのだから。
　以前と変わらない、温かな世界が。
　…もう一度出会った、温かな人達が。
　そう教えてくれたのだから。
「…母さん」
「なに？　日向」
「ひとつ頼みがあんだけど」
　俺は静かに微笑んだ。

「…電話、貸して?」
　そして、それを伝えたい。
　…誰よりも大切な人が、いた。

　——トゥルルル…。
「…やっぱ、部活中だよな」
　ひたすら繰り返されるコール音に、思わずそうつぶやいた。
　外は暗く、もうすぐで、すっかり夜となる。
　部活が終わるか終わらないか…微妙な時間帯だ。
　正直、部活をどれくらいの時間やっていたのか…外がどれほど暗くなる頃に帰っていたのかを、あまり覚えていない。
　それは単に…長い間ここにいることに慣れてしまったから。
　…だけど、
「留守番サービスセンターに接続しま…」
　…やっぱりつながらないよな。
　そう苦笑して、電話を切ろうとした…そのときだった。
「もっ、もしもしっ!?」
「…うっ」
　耳に痛いほどの大声で留守番サービスの音声をさえぎって、柚が電話に出た。
「もっ、もしもーし!?」
「…ふっ」
「えっ…!?」
　自然と、笑みがこぼれていた。

「相変わらずだな…本当」
「っ…ひな、た…？」
　柚の声が、少し落ち着いて、でも少しとまどったように、続けた。
「日向が電話くれるなんて、思わなかったよ…」
「ごめんな。やっぱり部活中だった？」
「ううん。今、帰り」
　帰り、という言葉に再び外を見た。
　秋にもなると、空が黒くなるのが早い。
　風も少し…冷たい。
　どんくさい柚がひとりで夜道を帰ることは、心配以外の何者でもなかった。
「…気をつけろよ」
「え？」
「変なのに襲われないように」
「う…うんっ」
「変なのを"襲わない"ように」
「襲うわけないでしょっ」
　そう言って笑う柚の声は、愛しくて温かかった。
「…どうして、電話くれたの？」
「や、べつに用はないんだけど」
「……」
「不意に、柚のバカな声が聞きたくなっただけ」
「なっ、なにそれっ」
「…冗談」

無性に会いたくなった。
　…それは言わなかった。
　無性に抱きしめたくなった。
　…それも言わなかった。
　言いたくて、言えなかったこと。
　それはたくさんある気がするんだけど。
　…全部全部、願わくば。
　想いのまま、きれいなまま、優しい君に伝わればいいと思う。
「…あ」
「なに」
「どうしよ…ごめん日向、携帯の電池切れそう」
「…充電してなかったのかよ」
「したつもりだったのに、朝見たらコンセント外(はず)れてて」
「バカ」
「どうしよ…。…あ。ちょっとしばらく、窓の外見てて。いい？」
　そう、最後に急いだ口調で言うと、返事も聞かないまま、電話がプツリと切れた。
「は？　窓の…外？」
　怪訝な表情のまま、俺は受話器を隣の机に置いて、ベッドの端に座ったまま、窓に手を掛けて開いた。
　冷たい風が入ってきても、ジャンパーをはおっているからそこまで寒くない。
「…なに、考えてんだか…」

でも、予想はついていた。
　　柚のやりそうなことなんて。

「ひーなたーっ」
　　……ほら。
　　数分後、外には予想どおり柚の姿があった。
　　ジャージ姿のまま、息を切らせて。
　　…でも満面の笑みで、俺に両手を振っていた。
「日向っ！　あたしが見えるー!?」
「…バカ」
　　本当…バカにしか見えないんだよ。
　　もう夜だし。
　　他の患者にも聞こえてるし。
　　……バカ、だよな…。
「柚」
「なにー？」
「帰れ」
「なっ、ここまで走ってきたのに…ひどすぎっ」
「俺はな、お前がいないと困るんだよ」
「ふんだ、どうせそうですよ…って……え…？」
　　ワンテンポ遅れて、俺の言葉を理解したらしい柚の目が。
　　…大きく、見開かれた。
「ひな…」
「送ってやれなくてごめんな」
「……」

「気をつけて…帰れよ?」
　窓枠(わく)に組んだ腕に、あごをのせて、優しく柚に微笑んだ。
「おやすみ、柚」
「…っ…うん…!　気をつけて帰るね。…おやすみ、日向」
　おやすみ。
　大好きな人。
　…秋の夜空の下で、俺達が交わした、温かな言葉だった。

風の行く先

【拓巳 side】
　——春、あいつと出会った。
　初めて会ったときも、あいつは走っていた。
『…んー…まあまあ、だな』
　入学早々、っていうか入学式直後。
　中学のときから続けている陸上部に当然入る気満々だった俺は、グラウンドを見ておきたくて、ひとりグラウンドの土を踏んだ、はずだったのに。
　…先客(せんきゃく)が、いた。
『……』
『…あ、すいません。勝手にグラウンド入っちゃって』
　足で土を軽く蹴っていたそいつは、俺に気づくとはっと顔を上げて、悪びれた様子もなく、さらっとそう言った。
　あまりにあっさりした、さわやかなその雰囲気に面食らった。
『…いや、それ俺に言われても…』
『…ん？』
『俺もさっき入学したばっかだし』
　そう言うと、そいつはカハッと笑った。
『あ、なんだ。悪い悪い。入学早々、先輩に怒られんのかと思ったわ』
『でも、なにやってんだよ？　入学早々』

引きこまれていた。
　魅せられていた。
　…そいつの持つ空気に、雰囲気に、内に秘めるなにかに。
　だから普段はあまり誰かに話しかけることはない俺でも、自然に言葉をつないでいた。
『ん、軽く偵察(ていさつ)』
『…もしかして、お前も陸上部？』
　雰囲気も、体も、そしてその行動も。
　…初めて会ったとは思えなかった。
　そう考えれば、見た瞬間から感じたこの"common feeling（共通の感情）"は納得がいく。
『…お、よくわかったね』
　正解、とそいつは青空を見上げた。
　…その整った顔立ちには、たしかに見覚えがあったことを、次の瞬間思い出していた。
『あ』
『…ん？』
『お前、新入生代表…だったよな？』
『ああ…』
　入学式の初めに、成績トップ入学者による新入生代表あいさつがある。
　それをたしか、やっていた…。
　……ってことは、成績トップだったんすね。兄さん。
『……』
『お前、名前なに？』

『あ。…輝崎拓巳』
『ふーん。陸上部に入んなら、よろしくな』
　そう軽やかに言うと、奴は再びグラウンドを走り出した。
　お、おい、待て待て！
『待った！』
『あ？』
『名前名前！　お前の名前はなんなんだよ？』
　聞き逃げしてんじゃねー！
　俺も鞄を置いて、グラウンドを走りはじめ、奴の後を追った。
『俺？　ひなた』
『…え？』
『相原日向』
　"日向"の足は、軽やかで…とにかく速かった。
　いつまで走っても、その背中に追いつくことはなかった。
　けど、同時に…。
　俺の心は希望と期待で満ちあふれていた。
『日向』
『…んっ？』
『お前の走りって…風みたい、だよな』
　追いかけて、追いかけて、たとえ一生こいつに追いつけなくてもいい。
　…そう、思えるぐらいに日向の走りは…。
　今まで見てきた中で一番、きれいだったんだ…。
『なに、人の顔見つめてんだよ』

『それは日向が好きだか…ハイ冗談です！　すんません』

俺の首をしめかける日向に手を上げて、降参のポーズを取った。

…久々に、日向と話がしたくなって、俺は学校の授業を抜けて、病院に来ていた。
……って。
「なにやってんだ、お前は…」
「今日の授業だるいのばっかでさ。出ても出なくても同じだし」

だるいの＝国語、英語系。

理数系の俺に、ここまでだるい教科はない。
「ふーん。俺は、英語は好きだけどな」

日向は小さな机に置かれている赤い花に水をやりながら、そう言った。

…まぁ、日向はな。
「日向は英語ペラペラだもんなー。昔から、そうだったのか？」
「んなわけないだろ。俺は生粋の日本人だっつの」

日向はあきれたように笑って、少しなにかをなつかしむような目をした。
「昔、自分で勉強したんだよ。…トップアスリートになったら、海外に行くから必要になるって思ってたんだよな。気、早いだろ？」
「小さい頃ってそんなもんだよな」

ちゃんと笑えていたのかが、気になった。
　…トップアスリート。
　日向の夢が、少しの痛みを持って心に突き刺さった。
　同時に…自由を奪われた日向の足が、視界に入った。
「お、そろそろリハビリの時間」
「じゃ俺も…帰るわ」
「学校に戻れよ！」
　日向のツッコミに笑って、俺はいすから立ちあがった。
「車いすに乗るには、どう手伝えばいい？」
「あー…それは、自分でできるから、いらねぇよ」
　そう言って切なく微笑む日向を見て、俺は心ないことを言ってしまったと思った。
　…なんでも手伝ってやらないといけない。
　そんないらない同情は、日向を傷つけるだけだと…わかっていたはずなのに。
「じゃな。リハビリはのぞくなよ。…情けなくなるから」
「っ、日向…！」
　車いすで病室を出ていこうとする日向を、思わず呼び止めていた。

　…なんでだろう。
　不意にこいつが…消えてしまう気がした。
　——すごく、すごくはかなく見えた。
「…いなくなんなよ？」
「……」

静かに、視線を合わせて、日向は少し間を置いてから、
「なーに言ってんだよ」と笑った。
「くだらないこと言ってないで、学校に戻れよ」

　…あのとき、意地でも約束させておけばよかったのかもしれない。
"いなくなんなよ？"
　…ずっと…俺の前を、走り続けていろよ、って…。

進むということ

【柚 side】
「……ん…」
　…いつのことだっただろう。
　夢を見た。
　悲しいのに…すごく温かい、夢だった。
　すごくすごく…優しい夢だった。
「日向…?」
「ん?」
「…よかった。いた…」
　なぜだか、夢の中のあたしは不安だった。
　病室のドアを開けたら…そこには日向がいないような、そんな気がした。
「なにが『よかった』んだよ?」
　優しく笑いながら、日向はあたしの髪をなでてくれた。
　…温かくて、幸せな温もり。
「ん…大丈夫だよ」
「…うん。大丈夫、だよな?」
　ゆっくりと…顔を上げたその瞬間。
　…日向に、抱きしめられた。
「もう…大丈夫だよ」
"大丈夫だよ"
　その言葉は心の底で跳ねて、不思議と優しく響く。

「…ひな、た…?」
「…なぁ、柚」
　あたしを抱きしめたまま、日向は静かに続けた。
「柚にとって…"幸せ"ってなに?」
「…え…?」
"幸せって…なに?"
　幸せ、って…。
「っ…そんなの…」
　ぎゅっと、日向の腕を握った。
　涙が…思わずこぼれた。
　…ずるい。日向はずるい…。
　ずるいよ…。
「わ…わかってるでしょ…?」
"日向が笑ってること"
"日向が幸せなこと"
　あたしは…それだけを、ただ願ってきたんだ…。
「…柚」
「ーっ…?」
「もう十分だ…ありがとな」
　あたしの涙を優しく拭った、温かな手の感触。
　夢だと思うには…あまりに確かで、優しかった。
　そしてその微笑みも…。
「…俺、もうたくさん柚に幸せをもらったから」
「ひな…」
「だから…柚も、柚自身の幸せをつかめ」

あたしの手に、温かい手が重なった。
　　そして愛しく、愛しく握りしめられた。
「あたし自身の…幸せ？」
「…俺も、俺の幸せをつかむから。だから…前に進もう？」
　"進もう"
　互いの道に…。
　前へと、ただひたすら前へと…。
　……涙は、それ以上はこぼれなかった。
　日向に優しく髪をなでられているうちに…不思議と気持ちが落ち着いていたから。
「うん…進まなきゃね…」
　立ち止まってちゃいけないよね…。
　…進まなくちゃ。
　……日向がそう、言うのなら。
「がんばれ…」
「…うん…」
「俺も…がんばるから…」
　悲しいのに、悲しくなかった。
　さみしいのに、さみしくなかった。
　…温かくて優しくて尊くて…愛しくて。
　そんな光が、この世界にはちゃんとあるから。
　そして、そんな世界できっと…つながっていられるはずだから。
「ねぇ、日向…」
「…ん？」

「日向…いなくなっちゃうの…?」
　そんな思いが、込みあげていた。
　聞きたくないのに…聞かないと、もっと怖かった。
「……」
「…ひな、た…?」
　温かい、温かい光に包まれて…。
　…答えを聞くことはないまま、その先の記憶は消えていった。

「…日向」
　目覚めたとき、もう涙は流れていなかった。
　ただ心は静かで…。
　…その夢はきっと、なにかの予兆なのだと…。
　そう、ぼんやりと思っていた。

「拓巳…タイム伸びたね」
「お、だいぶ朝練の成果が出たかな」
　陸上は…たった一秒早く駆け抜けることが、ありえないほどに難しい世界。
　だけど、拓巳は必死に努力を重ねて…もう日向や雄大先輩達に負けないくらい、実力をつけていた。
　毎回ストップウォッチを止めるたびに、それを感じていた。
「がんばってるね」
「いや、まだまだ足んないって」
「…拓巳は、アスリートを目指すの?」

汗を拭くタオルを渡しながら、あたしはそう聞いてみた。
「いや…俺は引退したら陸上はやめて、がんばって医学部に行って…医者になりたいと思ってる」
「な…なにお前、立派(りっぱ)なこと言ってんだよ」
　拓巳(たくみ)の偉大(いだい)な夢に、ほぼ浪人(ろうにん)確実な隆史先輩が驚いた声を上げた。
「いや、先輩が適当すぎるだけです」
「お前な…」
「俺も、アスリートは目指してないな」
　雄大先輩をきっかけに、他の先輩達もうなずいた。
　…みんなの夢は、アスリートじゃなくて。
　この先の未来で走ることがなくても、今この瞬間のために練習を積み重ねている。
　そういうことだった。
「だってさ、プロの世界って本当に…甘いものじゃない。…それこそ、なにが起きるかわからない世界なんだ」
　拓巳の言うとおりだった。
　あたし達はそれを誰よりも強く感じているはずなんだ…。
「あいつがここにいたら、なんて言うかね」
　水をひと口含んで。
　…雄大先輩がなんともいえない目で、机を見つめた。
　日向がいつも…腰かけていた机、を。
「なんて…言いますかね」
　拓巳がそうつぶやきながら机に触れたとき、ふとあたしと目が合った。

「あ…」
「…なんで、目そらすんだよ」
「そ、そらしてないっ」
「はいはい」

　笑う拓巳に、「もう」とふくれてから、あたしは、ストップウォッチを見つめた。

　窓の外のグラウンドを見つめた。

　白いラインで分けられたレーンを見つめた。

　ゼッケンを見つめた。

　…陸上にかかわるすべての物を見つめるたびに、その答えが痛いほどわかる。

　日向がここにいたら…きっとこう言うだろう…。

「…それでも俺は陸上に関わっていたい」

　知らず知らずのうちに、口をついて出た言葉だった。

　…はっと顔を上げると、真琴先輩と目が合って、その鋭い目つきは…いつもよりずっと、ずっとずっと優しかった。

「うん…あいつらしいな」

「先輩…」

　…ねぇ、日向。

　"よく生きる"って、どういうことなんだろう…。

　あたしはまだ、自分の夢さえもよくわからないよ。

　なにがしたいのかも…。

　なにができるのかも…。

　…あたし自身の幸せ、ってなんなのかな？

　いつか見つかる日が来るまで…。

日向は…そばにいてくれるのかな？

「俺の夢はさ…ついこの前、ホントに最近、見つかったんだよ」
　　部活が終わった後、拓巳と一緒に病院への道を歩いた。
　　季節は、もう冬。
　　…はく息は少し白くなり、夜がやって来るのが早くなった。
「え？　そうだったの…？」
「日向の担当医の先生にさ、もうすごい感銘を受けたんだ」
　　微笑む拓巳の言葉に、うなずいた。
　　…あの人が、日向を診てくれてよかった。
　　生意気だけど、そう思うくらいに立派な先生だった。
「今だから言えるけどさ。日向の記憶に俺の存在がないってわかったとき…俺、病院のソファに座って泣いてたんだ」
「っ…知らなかった…」
「そしたら、その先生が通りかかってさ」
　　拓巳は一度言葉を切って、ゆっくりと…大切そうに続けた。
「『彼が君を覚えていなくても、君が彼を覚えていれば…きっとまた再会できると思うよ』そう言ったんだよ」
「うん…」
「…俺、その言葉がなかったら折れていたかもしれない。もう俺も、日向を忘れようとしていたかもしれない」
　　だから…すごい感謝してる。
　　拓巳はつぶやくようにそう付け足して、ゆるんだマフラーを巻き直した。

冬の空は黒くても、そこにちゃんと星が見えるから安心する。
　そう思っていると、拓巳も同じことを考えていたのか…ゆっくりと空を見上げた。
「希望を与えられる人って…いいよな」
「希望…？」
「期待じゃなくて、希望。医者が患者に与えるのは…希望なんだってさ」
　拓巳のはく息は白く、冷たい風の中に消えていく。
「だから俺も…希望を与えたいんだ」
「…拓巳ならきっと、できるよ」
　心からそう思った。
　拓巳ならできる。
　だって…あたしは、すでに拓巳から希望をもらっているから。
「…ありがとな。がんばるよ」
「うん…」
　人はなにを失っても、最後には希望が残るという。
　…光があると信じて。
　未来があると信じて。
　幸せがあると信じて…生きていく。
　…あたしは、日向の生きる希望になれていたかな？
　ほんの少しでも。
　ほんの…一瞬でも。
　そうだとしたら…それだけであたしは、生まれてきてよ

かったと思える。
　だって、あたしの生きる意味を与えてくれるのは…日向だから。
　──だから。
　…だから、すべてをひとりで背負ったりなんてしないで。
　消えてしまわないでよ。
　ここに…いてよ。
　ずっとずっと…。

戻るもの、戻らないもの

【柚 side】
「おはよう、日向」
「早いな」
　制服のネクタイを結びながら、日向があたしを見て笑った。
「寝ぐせ、ついてんじゃん」
「え…!?　ええっ!?」
「俺のことよりも自分のことをかまえよな」
　髪をなでると、たしかに指に感じる寝ぐせがあった。
　…うう、反論できん…。
「こっ、これはメッシュ！　おしゃれの一種なのっ」
「ウソつけ。バーカ」
「うーっ…！」
「遅刻すんぞ」
　雲ひとつない、青空の下。
　日向と一緒に…学校への道を歩いた。
　…それはもちろん、幻（まぼろし）なんかじゃない。
　少し揺れるやわらかい髪も、軽やかな足取りも。
　…たしか、だった。
　それを思うたびに、心は少し震える。
「柚？」
「あ、ううん。今日はいい天気だなって」
　太陽がまぶしかった。

隣で微笑む日向が、白いシャツに反射する光がまぶしかった。
　…隣に君がいる。
　ただそれだけのことなのに、この世界はこんなにもまぶしかった。
「やべ、あれ予鈴（よれい）の音だよな!?」
「いっ、急げーっ」
　…月日は、あたし達を大人にすると同時に、日向の努力を認めて…その足が動くことを許してくれた。
　限りない幸せだった。

「はよー」
「おっす、日向」
「おはよー柚ちゃんっ」
　学園も…同じだった。
　日向が戻っただけで、やっぱりどこかちがった。
　教室に、明るく温かい光が差しこんできたような気がした。
「久しぶりね、日向」
「お、久々。おばさん」
「おばさん!?　まだ未婚だっつーの」
　静かだった英語の時間は、相変わらず騒がしくなって。
　ALTの先生も、日向にからみながら、やっぱり楽しそうだった。
「またシェイクスピアかよ…」
「あたし、シェイクスピア好きだよ？」

席がえで、たまたま日向の隣になって。
 そんなささやかな会話を…こっそりと授業中に交わした。

「…浪人決定だな」
「ですね」
「ああ…言うなって…」
 あ…一応気にしてるんですね…。
 浪人決定、というか浪人済みの隆史先輩は、相変わらず部室に住みついていて、両手を広げて日向を迎えた。
「おかえり、日向」
「……なんで、まだいるんすか？」
「ごあいさつだな」
「あ、留年？」
「黙れ、このヤロ」
 変わらないやり取りがなつかしかった。
「拓巳、笑ってないで部長をかばえよ！」
「いや、部長じゃなくて"元"部長ですし？」
「部長は俺ですし？」
 雄大先輩も、他の先輩達も、隆史先輩も、あたしも。
 …そして日向も。
 やっと同じ時間の中に戻ってきた。
 そんな気が…した。
 すごくうれしい。
 すごく幸せ…なのだけど。
「…柚ちゃん？」

「あっ。お水…いりますか？」
　あたしだけは…なにがあっても、忘れちゃいけなかった。
　"すべてが戻ったわけではない"
　どんな幸せにのみこまれそうになっても、それは忘れちゃいけなかった。
　…日向の担当医の、先生の言葉が頭の中にはっきりとよみがえって響いた。

『君に、彼を見ていてほしいんだ』
『…え？』
『お母さんから聞いた話によると、走っていたときの彼を一番よく見ていたのは君のようだからね…。…だから、頼みたい』
　日向が退院するとき、先生はあたしをまっすぐに見つめて…言った。
『走っているときの彼から、目をそらさずにしっかり見ていてほしい』
　その声は力強く、どこまでも深かった。
『たしかに彼…日向くんはリハビリをがんばって、私も驚くほどの回復力を見せた。…だけどね、彼の足の損傷はあまりに大きかったんだ。いつどこでどうなるかは、私達にもわからないんだよ』
　歩く許可を出した。
　走る許可を出した。
　…元どおりの生活に戻る許可を出した。

それが先生にとってどれほど大きな決断だったのか、あたし達には計り知れない。
『だから…お願いしたい。彼の歩きに…走りに、足にほんの少しでも異常が見えたら。いつ、どこでもいい。私に連絡をするように…約束できるかな』
　あたしにできることは、なんでもするつもりだった。
　…あの日、そう心に決めたのだから…。
『はい。わかりました』
　…すべてが戻ったわけではない。
　その言葉を繰り返して、今一瞬一瞬を大切にしていくことでしか、あたし達の未来は…切り開けないんだ…。

　ウォーミングアップを、みんなよりも少し多めにやってから、日向は軽く、グラウンドを走り出した。
　目の前に広がるその光景が、やっぱりまだ少し夢のようで。
　…ぎゅっと、頬をつねった。
「なにやってんだよ」
「み…見てたの？」
「夢じゃないって」
　立ち止まった日向は少し手を上げて、あたしに向かって軽く振った。
「柚さーん、起きてますか？」
「なっ…」
「寝ぼけてないで、ちゃんと見てろよ？」
「う…うるさいっ…」

なんで涙が出てきそうなの？
…幸せ、だから。
あまりに大切だから。
強く腕を振って、力強い足取りで駆け抜けてゆく"風"があまりに透明だから…。
…きれいで…。
それ故(ゆえ)に、はかなくて…。
「お、"藤島の風"が戻ってきた…」
休憩しながら日向をながめていた雄大先輩が、そうつぶやいた。
…その言葉は、あたし達の気持ちをすべて象徴(しょうちょう)するものだった。
風がまた生まれたんだ…。
…この場所にまた、風が吹くようになったんだ…。

「もうすぐ合宿だなー…」
「え、あたし達、もう２年生だっけ？」
「…お前、本当に起きてんのか？」
「起きてるよっ」
いつまでも隆史先輩が部室にいるから、ずっと１年生のような気がしてた。
そう付け足すと、日向が軽く伸びをしながら「あー…たしかに」とつぶやいた。
「うちの学校、スポーツ以外は適当だから、クラス替えもなにもないしな」

長く入院していた日向が進級できたのも、この適当な学校の広い心のおかげ、もあったが、やはり日向の頭のよさがきいていた。

　ふたり入部してきた１年生も、やっぱりトラック競技者で、ひとりは短距離、もうひとりは中距離。

　だけど、１年生は合宿には参加しない。

　去年のあたし達もそうだった。

「楽しみ？」

「んー…少しめんどう」

「あたしは楽しみだな。みんなと合宿…憧れてたんだ」

「合宿ではマネージャーはかなり大変だけどな」

　それでもよかった。

　それでも、みんなのためならがんばれるよ。

「へへ」

「なに笑ってんだよ」

「…幸せだなって」

　あきれたように小さく笑う日向の腕に、久しぶりにぎゅっと抱きついた。

　人気のない道だけど、外でこんなことしたら振りはらわれるかな。

　…そう思った、けど。

「…っ」

「…やっぱ柚、小さいな」

　いつの間にか、あたしは日向の腕の中にいて。

　…強く、抱きしめられていた。

久しぶりの温もりだった。
　　だから少しはずかしくて、顔を見られたくなくて…埋めた。
「ち、小さいってなに……っ」
「…小さくていーから」
　　甘く、優しく耳をかまれて、初めての感覚に…思わず体がびくっと震えた。
「あ…っ…」
「…少しずつ、大きくなればいーよ」
　　小さい子をなだめるような口調。
　　だけどその目は、その言葉はどこまでも優しくて…。
　　…あたしはさらに強く、日向に抱きついていた。
「日向と一緒に大きくなるよ…」
　　あたしだけ止まってしまうのも怖い。
　　あたしだけ進んでいくのも怖い。
　　日向と一緒に…限りなく似た歩調で一緒に、歩んでいきたいんだ…。
　　…日向は優しく微笑んで、あたしの髪をなでながら軽く口づけた。
「今にきっと…柚が追いこすよ」

　　──戻らないものよりも、戻ったものを。
　　過去よりも、未来を。
　　闇よりも、光を。
　　涙よりも、幸せを。
　　…本当はね。

そんなふうに、きれいなものだけを見つめて生きてゆきたいよ。

『最後にひとつ。…君にだけ、聞いておいてほしいんだ』
『…え…?』
『日向くんは…アスリートを目指しているのかな』
『はい…負傷する前は…そう言ってました』
『その夢の可能性は…早くにあきらめた方が、彼の未来のためになるかもしれない』
『え…』
『また今後なにが変わるかわからないから、確かだとは言えない。だが彼がアスリートとして成功できる可能性は…おそらくゼロに限りなく近い』

"可能性は、ゼロに近い"
　そんな言葉は、封印してしまいたかった。
　だけど…。
　…難しいね。
　言葉は封印できても、今ある現実や痛みは…。
　…ずっとそこに残り続けてしまうから…。

花火

【柚 side】

　…高校２年の夏が来た。

　一番の青春だと言ってもおかしくない時期。

「えーただ今より」

　ごほんと咳ばらいしてから、雄大先輩が両手を広げて言った。

「藤島学園陸上部夏合宿、開催ーっ！」

「おーっ」

　あたし達を乗せたバスは、とびきり古いユースホステルの前に止まった。

　ユースホステル。

　響きはかっこいいけれど、要するに若者向けの民宿のようなもの。

　なんでも自分でやる、というまさに合宿向けの宿なのだけれど。

　あたしがここを合宿場所に提案したのは、もちろん練習する環境が見事に備わっていたからだった。

　…まず、大きな池を取り囲む道は朝のウォーミングアップにぴったりな距離。

　ジョギングやマラソンをする人のための走るコースも完全に設けてあって、陸上部合宿にはこれ以上ないほどに、もってこいの場所だった。

顧問は、例によって不参加。
　陸上経験者がいないために仕方なく顧問を引き受けたという体育教師のおじさんは、あまり…というか、ほとんどやる気がなくて。
　陸上部自体には顔を出さない上に、合宿の許可は出してくれたけれど、やはり不参加ということだった。
　…もうすっかり慣れたけれど。
「マネージャー、いろいろ大変だと思うけど…俺達もがんばるから。4日間、よろしくな」
「こちらこそ」
　真琴先輩がみんなを代表してそう言ってくれて、あたしもぺこんと頭を下げた。
　がんばらなくちゃ。
　みんなが気持ちよく、練習できるように。
「さっそくコースを走るぞ！」
「はいっ」
　あたしも、ゆっくりでもいいから走ってついていくつもりだった。
　他のなんのためでもなく、日向の様子を見るために。
　…だけど。
「あ、大丈夫だよ」
「…え？」
「俺が見てるから」
　拓巳があたしに近づいてきて、そう微笑んだ。
「でも…」

「いーって。たぶんあのコース柚にはキツいし。それに…」
　声を落として、ささやくように言った。
「あいつも、柚に心配や迷惑をかけたくないだろうしさ」
「拓巳…」
　その優しさや気づかいがすごくうれしかった。
　だから少し不安は残るものの、あたしは拓巳に日向を任せることにした。
「ありがと」
「ん」
「…おい、拓巳。早く行くぞ」
　日向が軽く走りながら近づいてきて、拓巳の腕を引いた。
「飛ばしすぎんなよ」
「わーってるって。…じゃな、柚」
「いってらっしゃい」
　冷たいスイカを、用意しておこう。
　そう思いながら手を振って、みんなを見送った。

「食べやすい大きさに切ってね」
「はいっ」
　ペアレントさんと呼ばれるユースホステルの管理人のおばさんと一緒にスイカを切りながら、夏が来たことを改めて実感していた。
　…スイカに付いた水滴が涼しげにきらりと光る。
　一年は早い。
　"光陰矢のごとし"とはよく言ったものだと思う。

「去年はマネージャーさんなんていなかったけどねぇ。今年は助かるわぁ」
「あ、ありがとうございます」
　ペアレントさんは50歳くらいのおばさんで、なんとなく日向のお母さんに雰囲気が似ていた。
　そのせいか…けっこう人見知りするあたしも、すぐに親しんでいた。

　――練習の合間に、おやつタイム。
　…みんなでスイカを食べた。
「お疲れ様です」
「わースイカっ」
「あのコースキツかったな…」
「俺はまだまだ余裕ですけど？」
　日向が憎らしい口をたたきながら、一番大きなスイカをほおばった。
　…それに対して雄大先輩が吠える。
「お前な！　普通こういうときは先輩を優先し…」
「や、早い者勝ちでしょ」
　ふたりが言い合っている間に…真琴先輩、一馬先輩、将先輩、拓巳という順番でスイカを取っていって。
　一番小さなスイカが、雄大先輩の分として残る。
「あ、お前らーっ」
「早い者勝ちです」
　ひとつだけ残ったスイカは、水滴があちこちに付いた皿

の上でまぶしく輝いた。
　——練習、夕食終了後は宿題タイム。
　…こうなると日向の独壇場だった。
「三角関数？　そんなもんもわからないのに大学受験する気ですか？」
「すんません…日向様」
「イディオムを知らないで長文なんか読み取れるかよ、拓巳」
「…日向、ヘルプ」
　拓巳はともかく、先輩達まで日向にすがっているのは少し悲しい。
　…でもそう言いつつ、あたしもちゃっかり教えてもらう。
　雑談広場にある大きな机は、あたし達陸上部に占領されていた。
　数学、英語、古典…もうなんでもありの手つかずの宿題にため息をつきながらも、日向は教えてくれた。
「…柚は？　なにやってんの？」
「この長文を和訳…しなきゃいけないんだけど」
　とある英文学作品の和訳。
　あたしが辞書と少ない知識を駆使して作った文章にちらりと目を通すと、日向は言った。
「…ふーん」
「え？」
「柚、けっこう才能あんのかもな」
　口の悪い日向がそうほめてくれたのは、初めてのことで、

思わず目を見開いた。
「…んぇ？」
　カタン、とあたしの向かいのいすに腰かけて、日向はシャーペンを取ると、軽く和訳を修正していった。
「直すべき所もあるけどさ…柚の和訳、自然でいいな」
「ほ…本当!?」
「ん。…ここは名詞みたいに訳してみ。うまくつながるから」
「えと…」
　日向にしたがって、もう一度訳してみると。
　…ジグソーパズルのピースのように、欠けたなにかがはめられて文章がぴったりとできあがった。
「あ、できた！」
「な？」
　すごくうれしかった。
　今まであまり意識していなかったけど…英語、けっこう好きなのかもしれない。
「ねぇ、本当に才能あるかな？」
「調子には乗るな。才能なんて、努力すればほとんど関係ないんだ」
　それは日向のくれたアドバイスの中で、一番心に残った言葉だった。

　宿題もようやく片づいてきた、夜。
　…みんなで花火をした。
「うあ、いきなり消えた！」

「誰か火、分けてくれー」
　最初は線香花火から始めて。
　…あたしの炎はピンク色で、なかなか強く、火と光を放っていた。
「柚ちゃーん、火、分けて！」
「はい、どうぞっ」
　あたしの火を少しあげると、雄大先輩の線香花火も音を立てて燃えはじめた。
　きれいな緑色。
　日向の花火は黄色で、真琴先輩は青。
　一馬先輩はあたしと同じピンク色で、将先輩と拓巳は赤。
　色とりどりの線香花火が作り出す空間は、本当に幻想的だった。
　まだまだ夏の夜は、長い。
　黒い空に浮かぶ星達は、空気がきれいなせいかよく見えた。
「打ちあげ花火、行くぞーっ」
「おっ、行っちゃえ！」
　打ちあげ花火よりも前に…はかない線香花火が完全に尽きる瞬間を、あたしは見届けていた。
　ぽとっ…とひと塊の火の粒が地面に落ちる。
　その次の瞬間にはもう、ドンッという地響きのような音がして。
　…見上げれば、まっ赤な花火が空に散っていた。
「わ…」
「たーまやー…なんてな」

「夏ですね」
　気がつけば隣にいた日向もそう先輩に笑いかけてから、あたしを見た。
「…久々だな。花火」
「うん…っ」
　きれいなものほど、はかないって言うけれど、それは花火を見ればよくわかる。
　ずっと空に残ってはくれないから…だからこそ余計に、美しく思えるんだ。
「てか…1日目でこんだけ盛りあがっちゃって、大丈夫なんですか？」
「あとの3日間はとくになにもないけど…まぁがんばろう」
　計画性のまったくない部長…雄大先輩は、拓巳に聞かれて苦笑いした。
「3日間なにもないって…」
「強化合宿だ！　走るために来てんだから」
「まぁそうですけど…」
　ドンッ…。
　…最後に、青色の花火が空に散って。
　その夜は更けていった。

星、夢、未来

【日向 side】
　走っている…この瞬間。
　風になっている…この瞬間。
「池の周り、あと1周するぞ！」
「はいっ」
　早朝の景色はすごくさわやかだった。
　風は少し冷たく、でも体は暖かい。
　足が地面を踏みしめるたびに、幸せを感じる。
「日向、大丈夫か？」
「余裕」
　今のところ、足に違和感(いわかん)はまったくなかった。
　以前のようにまた動くようになって…幸せ以外のなんでもなかった。
　…それでも、ちゃんとわかっていた。
　俺が走ることは、多くの人に心配をかけているのだということぐらい。

「お疲れ様でしたっ」
　外に出て、待っていたらしく、俺の姿を見ると、まっ先に走ってくる柚。
　柚はたぶん俺以上に、俺のことを心配してる。
　またそれを、言葉に出すまいとしてるのも。

…こいつのことは、なんでもわかってしまう。
「大丈夫だから」
「…え？」
「や、なんでもない」
　幸せだと思う反面…。
　…少し、つらかった。
　いや、だいぶ、つらかった。
　俺の夢はきっと、大切な人を傷つけてしまうから。
「あっという間だったな」
「もう明日、帰るんだよなー…」
　先輩達とそんな話をしながら、残った宿題を片づけていた。
　まだまだ…４日間じゃ足りない。
　まだまだ走り続けていたいんだよ。
　…そんなガキっぽいことを言えるはずもなく、俺は「また帰ったら走れるじゃないですか」と返した。
　少し、自分にも言い聞かせるように。
　…そう。
　帰ったらまた走れる…。
　なにも、あせる必要なんてない。
　帰ったら…走れる。
　これから先もずっとずっと…俺は陸上部のみんなと走っていくんだ。
　そしてそばには柚がいて。
　風に…身を包んで。
　願わくば…。

「…日向？」
「俺、外出てきます」
　カタン…と雑談広場の席を立って、涼しい夜の空気に触れるために、裸足のまま外に出ることにした。
「は…」
　…夜、10時頃。
　いくら夏の夜は明るいと言っても、さすがに外はまっ暗だった。
　山奥は星がきれいに見えるから、嫌いじゃない。
　…満天の星を観察。
　縁側のような場所に座ってから、もう一度見上げた。
「あれ…さそり座かな。いや、ちがうか…？」
　空は好きだけど、あまり天文の知識はない。
　今度勉強しようと苦笑いしつつ、こりずに星を目で追い続けた。
「んと、あれは…」
「夏の大三角形。それぐらい知ってなくちゃ」
　すっかり耳になじんだ、愛しい声がした。
　…隣を見れば、暗い中でもはっきりとわかる柚の姿。
　柚は靴を履いてから近づいてきて、俺の隣に腰を下ろした。
　…そういやこいつ、理科だけは得意だったな。昔から。
「バカにすんなよ」
「べーつに？」
　少しいたずらっぽく笑ってから、柚は「きれいだね」とつぶやいて夜空を見上げた。

「なんか…宇宙の広さを感じるな」
　柚は小さく笑ってから「あたしね」と続けた。
「小さい頃、流れ星に3回願いごとを唱えたら叶うって信じてて」
「…そんな話、あったな」
「そう。だから、かまずに3回言えるように何度も練習したの」
　だけど、と軽く言葉を切った。
　再び空を見上げる柚の瞳を、俺は見つめていた。
「実際に流れ星を初めて見たときびっくりした。…本当に一瞬なんだもん。3回どころか、ひと言発する間すらないぐらいに」
「あれ？　今、流れたっけ？　みたいな」
　俺も少し笑ってそう言うと、柚は微笑んだ。
「でも、かえって、宇宙の広さを知ることができたんだ。人間の歴史もたぶん…あの一瞬と同じくらい短いものなんだって」
　その中で、ひとりの人間の一生とはどれほど短いものなんだろう。
　一瞬、よりも短く。
　…けれど、決して無にはなれなくて。
　消えることはない、だけど覚えられることもないまま過ぎ去っていくのだろう。
　でも、それでもいいと思う。
　それでいいと思う。

たった一瞬でも、輝く瞬間があるのなら。
　…そしてその瞬間にでも、君が願いをかけようとしてくれるのなら。
「30年後か40年後にさ…」
「うん」
「地球に、ありえない大きさの隕石が墜ちてくるかもしんないんだって」
「っ、ええっ!?」
　柚の目が、暗闇でもはっきりとわかるほどに見開かれた。
「え…ちょ…本当!?」
「痛…腕を引っかくな」
「じゃあ、あたし達、死んじゃうの!?」
　俺は柚の手を軽くつかんで、押さえてから、
「その隕石は原爆7個分の威力らしいから…危ないかもな?」
　と意地悪く続けた。
　柚が少し涙目になったのがわかって、少し意地悪だったかと反省しつつも、可愛いなと思ってしまった。
「初めは確率が20分の1だったけど、今は4万分の1らしい」
「じゃ…大丈夫、かな…?」
「でも、いつどこでなにが墜ちてくんのか…なにがこわれるのか、宇宙に生きてる限りはわからないだろ?」
　意地悪するつもりではなく、それは本当に感じたことだった。

「うー…」
「明日、またビッグバンが起きて宇宙が爆発するかもしれない」
「……」
「この1時間後、ハレー彗星が…」
「日向の意地悪っ」

　あ、むくれた。
　…ひざを抱えてぷいと俺に背を向けた柚の、長い髪を少しつまんで引っ張った。
「おーい」
「う…」
「柚さーん」

　…いつまでもガキだな、本当。
　あきれる反面、いつまでもこのままでいてほしいとも思う。
　たとえ明日、隕石が墜落する可能性が2分の1になっても。
　俺達が今ここにいる。
　そのことに変わりはないのだから。
「ゆーず」
「…考えてみたら、怖くなっちゃった」

　ちょこん、と小さく振り向いて、柚は引っ張られた髪をなでながら、つぶやくように続けた。
「30年後でも明日でも…"いつか"あたし達はいなくなるんだよね」
「…そうだな」
「いつかいつかって思ってても…今日や明日になると、絶

望を感じる。…"いつか"死ぬってわかってても、どうして人間は人間であることに…人間として宇宙に生まれおちたことに絶望しないで生きてるのかな…?」

夜空に瞬く星のうち…たったひとつだけが一瞬、きらりと光った。

そう。

——その答えは、君が教えてくれた。

「ひな…た?」
「…守りたいものが、あるからじゃねぇの?」

気がつけば抱きしめていた。

夜風にサラ…と揺れる柚の髪は、かすかに温かくて、いい匂いがした。
「っ…」
「いーじゃん。明日死んでも。たぶんまた"いつか"…この気まぐれな宇宙に堕とされるから」

そのときは、種さえもちがうかもしれない。

国籍も、性別も、なにもかもすべて。

また会える。

その可能性はきっと、計り知れないほど、わずかなものに決まってる。

仕方ない。

そういうもんなんだから。

…だからこそ余計に、今を幸せに感じる。

この地球という名の星に
　この時代に
　この場所に
　この足を持ち名前を持ち
　かけがえのないものに出会い
　かけがえのない人に出会ったことを
　…どんな絶望の波にのまれそうになっても
　それだけは後悔しないから

　きっと人は、死や喪失に直面して初めて、生きるということはどんなことなのかを知るんだな。
　あと、幸福とはどんなに温かいものなのかを。

「もう…わかってんだけどな」
　足に目をやって、そうつぶやいた言葉に、
「…え？」
　と柚が反応した。
「や、なんでもない」
「なによ…気になる」
「蚊が多いから、そろそろ中に入れって言ったんだよ」
　俺はそう笑って、柚の腕を引いて立たせた。
「っ…日向は？」
「俺もすぐ入るから」
　柚は少し考えるような表情を見せたあと…こくん、とうなずいた。

「…わかった。明日も早いから、よく休んでね」
「ん。…おやすみ」
「おやすみ」
　暗闇の中で聞く柚の声は、いつも以上に愛しく温かかった。
　…柚が去った後も、俺はしばらく夜空をながめ続けていて、流れ星を、待っていた。
　──今なら。
　君はなにを願いますか…？

道しるべ

【柚 side】
　——歩くべき道へと導いてくれたのは日向でした。
　あたしを誰よりも見つめてくれていたのは日向でした。
　…あたしはなにができる？
　それさえもわからない、弱いあたしに、
『なにもしなくていいよ』
　そう微笑んでくれたあなたの優しさが今、すごく悲しいのです。
　…ねぇ、気づかなかった。
　ねぇ、あなたといる日々にどうしてまた慣れてしまったんだろう。
　もう二度と…幸せを永遠に、なんて思わないって決めたのに。
　大切にするって、こんなにも難しいのかな。
　…会いたい。
　もう一度だけそう願っても…いいですか？

「うん、1年のときに比べて、だいぶ伸びているな」
　2年の、秋。
　面談のために担任の先生と向かい合って成績表を囲んでいるのだけど。
　…たしかに、他の科目はともかく、英語は1年のときに

比べてぐんと伸びていた。
　それだけで、かなりうれしくなった。
「どんな方向に進みたいと思ってるんだ？」
「とりあえず英語を使う仕事につきたいとは思ってるんですけど…」
　…うーん。具体的な、なにかがない。
　そううなるあたしに、お母さんも担任もため息をついた。
「柚、そんなんじゃダメじゃない」
「英語を使うとはいっても、職業によって学部や学科もちがってくるんだ。文学としての英語を学ぶなら英文科、言語として学ぶなら外国語学部とかね。…せめて、そのどちらかには決めておきなさい」
「はーい…」
　知らなかったと思いつつ、とりあえずうなずいた。
　将来、英語にかかわりたいと決めただけでも、あたしにとっては大きな進歩なのだけれど。
　…やっぱりもっと具体的に決めないといけない時期がやって来たんだ。

「…なるほどな。具体的に、か…」
「そんなこと言われても、どうしたらいいのかわからなくて…」
　…部活の帰り道を日向と一緒に歩きながら、そんな話をした。
　そう。

まだ漠然としかわからない。
　どう進めばいいのか、なにをしたらいいのかもわからない。
　そんな悩みを、誰かに聞いてほしかった。
「柚はさ…」
「えっ？」
「…翻訳家とか、向いてんじゃねぇの？」
「ほ…翻訳家？」
　その言葉に、思わず足を止めると、日向は優しく微笑んでいた。
「あくまでも俺の勝手な見解だけどな」
　"翻訳家"。
　…知ってはいた。
　憧れてはいた。
　だけど、そんな職業…あたしなんかなれるのかな。
「でも、難しい…よね？」
「そりゃあ。でも難しいぐらいの方がやりがいあるだろ？」
　日向らしい言葉に、あたしも微笑んだ。
　…たしかに。
「翻訳とかって、一種のセンスみたいなものも必要だしさ。…もちろん知識もいるけど、柚はセンスがあると思う」
「ひな…」
「やってみないことにはわかんないけどな」
　そう付け足してから、日向は軽く背中をそらして伸びをした。
「柚がやりたいと思うんなら、やってみればいいんじゃ

ね？」
　日向のくれた、小さな…だけど、たしかな道しるべ。
　それはあたしの未来に、はっきりとした光を与えてくれた。
「うん。とりあえず…調べてみる！」
「おー、がんばれ」
　ポンポンとあたしの頭をなでる日向の手が、なんだか、くすぐったかった。
「もう…小さい子扱いしないでよ」
「…だな。柚も大人になったよな」
　てっきり、『まだ小さいだろーが』って言われると思ったのに、日向はなんとも言えない優しい表情で、あたしから手を離した。
「っ…？」
「もう将来のこと考えてたんだもんな。…この前まで、アリさえ恐がって泣いてたくせに」
「っ、いつの話よっ」
「ほんの少し前だっつーの」
　…聞きたい。
　だけど、どうしてもためらう。
　──『日向の夢は、なに？』
　…あたしがそう聞くのは、あまりにひどすぎる気がした。
「…っ」
　思わず黙りこんでしまったあたしの顔を、日向が軽くのぞきこんできた。
「…柚？」

「あ、えっと…」
「なんか聞きたいことでもあるわけ？」
　落ち葉を軽く蹴りながら、そう言った日向に、ドクンッと心臓が跳ねた。
　　…ほら。
　　日向はなんでもわかってしまうんだ。
　　隠してたって、押し殺そうとしたって…。
「…っ日向の…夢は…？」
　　──秋風が吹いた。
　　山吹色の混じった、風。
　　あたしの手のひらに、かれ葉という落とし物をたくす。
「…俺の、夢？」
　　日向は静かに目を閉じた。
　　…不思議なくらい、心は落ち着いていて静かだった。

『ヒナタの夢ってなぁに？』
『トップアスリート！』
『やっぱりね』
『やっぱりってなんだよ』
『スポーツバカのヒナタには、それしかないと思ってたよっ』

　　…ねぇ。
　　あの頃と同じ会話はもう…できないね。
　　だけどね、あたしは不思議と…、

「あの頃に戻りたいとは思わない」
「…っ？」
　心の中の言葉と、日向の発した言葉が重なったとき。
　…あたしは、顔を上げた。
「え…」
「…そうだろ、柚？」
　夕陽に、日向の髪はやわらかなオレンジ色へと染められていた。
　その優しい瞳に、あたしの姿がまっすぐに映っていた。
「…俺は、俺の今を生きていく。どんなにつらいことがあっても、生きていればきっと、また歩き出せる日が来るってわかったから」

　——日向が記憶と足を失ったあの日から、あたしは何度願っただろう。
　時間が戻ればいいのに。
　もう一度やり直せたらいいのに。
　だって願わずにはいられなかった。
　もしも"あの日"がなかったら…日向は…って。
　何度もそう、考えてしまったから。
　でも…。
「関係…ないんだよ」
「ひな…」
「…今、ここにいる。それだけでもうさ…なにも失ったものなんてないじゃん？」

そう言った日向の目はすごく切なくて、涙が出そうになった。
「アスリートは…もう不可能だってわかってる」
「ーっ…」
「…言われなくても、わかるもんなんだよ。自分の足のことぐらい」
　こんなときにでも優しく笑う日向が、なんだかすごく切なかった。
　…いつもそうだ。
　あたしを傷つけないように…。
　泣かせないように…。
　巻きこまないように、って…。
　…この人は、すべてをひとりで抱えこんで消えていってしまう。
「わかってる。…ごめんな、柚」
「ーっ、日向が謝ることなんて…なにひとつない…！」
「…わかってるけど…ひとつだけ、わがまま言っていい？」
　あたしの髪をなでながら、日向は優しく…優しく、言った。
　最後のわがままだから、って…。

「…もう一度だけ、走らせて」

　——3年の、夏には。
　…あたし達は最後の大会を迎える。

「If I was there, I would never make you be alone.If I was there, I would make you happy than any other people...But my cry will never be reached to you.」

　部活が休みの日は、図書館で英語の本をいくつも読んだ。
　まず、読んで触れること。
　…それが大事だと…日向に教えてもらったから。
「私がそこにいたら…あなたを決してひとりにはさせないのに。私がそこにいたら…あなたを誰よりも幸せにするのに。…だけど、そんな私の叫びがあなたに届くことはないのです」
　何度も読み解くうちに、自然と訳が頭の中に浮かびあがるようになった。
　それはうれしくて、楽しい感覚だった。

「…お、柚ちゃん、がんばってんね」
　夏の終わりに引退してからもちょくちょく顔を出していた雄大先輩も、参考書を手にあたしの隣に腰を下ろした。
「先輩」
「んっ？」
「お別れ会、いつ催したらいいですか？」
「…あ。一応引退してたんだっけ、俺達」
　いや、笑ってる場合じゃ…。
　…あきれるあたしに軽く微笑んで、雄大先輩は参考書をパラパラとめくった。

「来週あたりからはもう行かないよ。さすがにな」
「…先輩、何学部目指してるんですか？」
　手にしている参考書からはよくわからなかったから。
　…そうたずねると、雄大先輩はよくぞ聞いてくれたとばかりに胸を張った。
「法学部」
「…え!?」
「…や、本気だよ」
　たしかにその目は真剣だった。
　続いて先輩は、国公立大の法学部の赤本を取り出した。
「法律にかかわる仕事につきたいんだ」
「なんでまた…？」
　すごいなと思う反面、謎だった。
　…今まで先輩がそんな進路を口にしたことがなかったから。
「なんていうか…今の日本の法律は、まちがっているところが多いと思うんだ」
「…え？」
「たとえば、日向の事故。…相手は飲酒運転だった。なのに懲役も罰金もそれほど重くない。飲酒運転なんかで日向の未来の可能性を奪った大人が、そんな軽い罰で許されていいとは思わない」
　そう言う先輩の表情は、あたしの知っているものではなかった。
　…まっすぐに、迷いなく未来を見つめていた。

「…日向だけじゃない。世の中には、そんなやるせない思いを持ってる人がたくさんいるはずだから。少しでも力になりたいって思ってさ」
「…先輩なら、がんばれますよ」
　泣きそうになったけれど、なんとか微笑んだ。
　うれしいとか、幸せだとか…そんな言葉では言い表せない気持ちだった。
　日向…。
　あなたの存在は、たしかにあたし達の"道しるべ"だったよ…。

この手の中に

【柚 side】
　——誰かが言いました。
　光は、自分の中にあるのだと。
　闇を歩くには…それに気がつきさえすればいいのだと。
　日向が自分の光を見つけて…歩いて行くと言うのなら。
　——きっとそれが、あたしの"幸せ"なのです。

「もっとしっかり腕振ってみ。その方が楽に走れる」
「はいっ」
　…3年の、春。
　1年生と2年生を指導する日向や拓巳の姿がまぶしかった。
　部長の座は雄大先輩から、しっかり者の拓巳にゆずり渡され、1年生が5人入ってきたおかげで、部員数は9人。
　まぁまぁ、毎年あまり変わらない部員数をキープできたからよしとするらしい。
「…日向先輩、すげー教え方うまいよな」
　一年生のそんなつぶやきが聞こえてくる今日この頃。
　…毒舌ばかりはいていた日向も、ようやく"先輩"になったんだと思った。
　一方あたしはと言えば…。
「わ、わわっ！」

「柚先輩っ、大丈夫ですか!?」
「だっ、大丈夫！　えっとね、お茶を…」
　…うう、情けない。
　せっかく入ってきた１年生のマネージャーの女の子に、あまりスムーズな指導ができず、日向に笑われる始末。
「本当どんくさいな」
「なっ…なによーっ」
　隆史先輩も、一浪したものの、なんとか志望大学に受かったらしい。
　雄大先輩はなんと、難関国立の法学部を一発でクリアしてしまった。
　先輩って、実は頭よかったんだ…。
　真琴先輩達も無事、それぞれの目標を達成したと聞いた。
　…先輩達がいなくなっても、陸上部の雰囲気は変わらない。
　あたし達も…なにも変わらないのだと、そう思っていた。
　日向の足はすっかり以前のように動いていたから。
　…心のどこかで、あたしも安心してしまっていたのかもしれない。

「足もと見ないで、前見ろ、前」
「あと２周追加。バテんなよ」
　顧問がいない分、互いに気づいたことを言い合う。
　教え合う。
　それは藤島学園陸上部特有のよさだとあたしは思う。
「…よし。休憩」

「俺よりも、あいつの方が部長向きじゃん」
　後輩指導を続ける日向を見ながら、拓巳はスポーツドリンクを口に含んだ。
　あたしは少し笑って、タオルを差し出す。
「でも、拓巳の方が落ち着いてるもん。…日向は子供っぽいから」
「あ？　誰が子供っぽいって？」
　おそるおそる振り向くと、そこには、汗を拭きながらあたしをにらみつける日向の姿があった。
　…う、聞こえてたんですね。
「あ…いや…その」
「お茶ひっくり返して、ストップウォッチをこわしたマネージャーに言われたくねぇな」
「うっ、それは…」
　そこを突かれると痛い。
　反論できないあたしに、また部員全員が笑った。
「…もう、日向は本当に意地悪なんだからっ」
「本当のこと言ってるだけなんですけど？」
「本当のことだから腹立つのっ」

　帰り道。
　…ふくれるあたしの頬を軽くつねって、日向は笑った。
「お、頬が伸びる伸びる」
「うー…」
「怒んなよ。…ひどい顔だから」

「なっ…」
　…反論しようとした、そのときだった。
　やわらかい、日向の髪がかすかに額に触れたと思ったら、
「んんっ…」
　温かい唇を重ねられて、言葉がさえぎられた。
　日向に抱きしめられると、体の力がすべて抜けてしまう。
　心地よくて、切なくて。
　…だけど、どこか物足りなくなる。
「日向…っ」
「ん…？」
　ぎゅっと、その腕を握りしめて。
　あたしは日向の目を見ないまま、つぶやくように言った。
「…もっと…キス、して…？」

　付き合ってるの？
　そう聞かれて「うん」って答えられることが幸せなんだ。
　日向はあたしのものだって…。
　そばにいて、って…そんなわがままを言えることが幸せなんだ。
　だからもっと…もっと。
　そう願ってしまう。

「…っ」
「柚…」
　誰もいない道の上。
　…日向と重なった影が、はっきりと見えた。
　それだけで、もうなにもいらなかった。

「っ…？　ひな…た？」
「…これ以上は、やめとくな」
　ほんの少しの距離を保っていた唇が、そうつぶやいて、静かに…離れた。
「…え…？」
「取り返しが…つかなくなるから」
　そう微笑んだ日向の瞳は…あたしには見えないなにかを、静かに見つめていた。
「日向…？」

"取り返しがつかなくなるから"
　…その言葉の意味は、日向の精いっぱいの優しさだったのだと、気づくのに…そう長い月日はかからなかった。

「柚ちゃん…？」
「…あ。こんばんはっ」
　日向と別れてから、家に続く一本道を歩いていると、向こう側からこっちに向かって歩いてくる、見慣れた姿があった。
　立ち止まると、それは日向のお母さんだとすぐにわかった。
「おばさん…お久しぶりです」
「買い物帰りでこっちを通ったのよ。柚ちゃん、いつもありがとうね」
　おばさんは相変わらず優しくて、温かい雰囲気で、話しているあたしも心が温かくなった。

「いえ…こちらこそ」
「本当にありがとう。…あなたがいたから、日向は今まで走ってこられたんだと思うわ。ずっとお礼を言いたかったの。だけど、会う機会がなくて…本当にありがとうね」
　少し疲れたような、だけど日向と同じまっすぐな目の…おばさん。
　…いつだって日向とともに苦しんで、きっと日向以上に涙を流したんだろう。
「いえ…そんな…」
　あたしが日向にしてあげられたことなんて…あたしが日向にもらったものに比べたら、ちっぽけなものです。
　そう言いたかったけれど、なんだか胸がつまって言えなかった。
「柚ちゃんは外国語学部を…目指してるのよね？」
「はい、一応」
「英語は楽しいわよね。がんばってね」
「ありがとうございます」
　ほがらかに笑うおばさんに、あたしも微笑み返した。
「あの子、柚ちゃんの夢の話はするくせに自分の夢の話はしてくれないのよ」
「え…おばさんにも、ですか？」
　自然に日向の夢の話を口にしたことよりも、その方が驚きだった。
　誰にも、言ってないんだ…。
「あたしにも、言いませんでした」

そう言うと、おばさんは「ケチなのよ。あの子」と、いたずらっぽく笑った。
　誰かとこうして…日向の夢の話をできることがうれしかった。
　…なんだか、安心したから。
「いけない。そろそろ帰らなくちゃ」
「あ…では、また」
　腕時計に目をやってそう言ったおばさんに会釈すると、
「最後の大会まで…よろしくね。柚ちゃん」
　そう、あたしに頭を下げたから、思わずとまどった。
「っ、そんな！　こちらこそ…っ」
「…ありがとう。本当に…あの子を走らせてくれてありがとう…」
　足を負傷したとき以上に、記憶をなくしたとき以上に。
　このとき…おばさんが流した涙を、あたしは一生忘れることはないだろうと思った。

　おばさんと別れた後も、あたしはしばらく外に出たまま、日向のことを考えていた。
　徐々に近づく、日向と陸上の別れのとき。
　日向が走ることをやめたとき…あたしの中でもきっと同時に、陸上は消滅してしまう。
「"藤島の風"か…」
　…風は、走ることをやめたときに、なにへと変わるのだろう。

せめて少しでも優しく。
　せめて少しでも温かく。
　…夏の夕焼け空をながめながら、あたしはそう祈った。
　倒れそうになっても。
　くじけそうになっても。
　あきらめそうになっても。
　…その手の中に光があることを願います。
　夢は話さなくてもいいから、持ち続けて…追い続けてください。
　――そんな日向を、あたしは見守り続けていたいから。

「…よしっ」
　流れ星でもないのに、ひたすら夕焼け雲に願いを込めると、もう一度顔を上げた。
　うん…大丈夫。
　きっと、きっと…大丈夫。
「柚っ、なにやってんの？」
「わわ！　…あ、お母さん」
「今日も仕事疲れたわ…」
　両手に荷物を抱えていたお母さんのために、あたしはドアのカギを開けた。
「はい。お帰りなさい」
「ありがと。…ほら、あんたも早く入りなさい」
「うん」
　ドアを閉める直前に、もう一度空を振り仰いだ。

…いつか見た茜色の空に、どうしようもなく胸が切なく
なって。
　苦しくなった。
　"あと少し"だから…。
　意地悪な神様の気が変わらないうちに…。

　——なにかにおびえていた。
　なにかにあせっていた。
　あたしの悪い予感は、どうしてこんなにも正しいのだろう。
　自分が恨めしいくらいに。
　…でも、たしかに。
　あたしには、ほんの少し先の未来を感じ取れるなにかが、
あったのかもしれない。
　だって…。
　——"藤島の風"を見て、触れて、感じることができた
のは…。
　もう"本当に本当に"、最後だったのだから…。

異変

【拓巳 side】
「基礎(きそ)メニュー、もうちょい追加するぞ！」
「ウォーミングアップで力入れすぎんな。体を温めることが目的なんだから」

　後輩にかまってばかりもいられない時期が近づいてきた。
　…最後の、大会。
　ようやく"３年"になったのだという実感がふつふつとわいてきたときになって、もう引退との距離が近いことに気づく。
　前の先輩達とはちがい、引退したら、完全に受験勉強に打ちこむつもりの俺には…走るのはもう本当にこれが最後だ。
　そして…、
「日向先輩、キツいっすよー…」
「…ん、なら少し休憩(きゅうけい)」
　…日向に、とっても。

「…なんか実感わかないんだよな」
「だな。…俺もだ」
　自分達が引退するという実感がわかない。
　…たまたまふたりきりになった部室で、休憩しながら日向と話をしていると、日向はひじを軽く机につき、手のひらに広げたタオルに細いあごをのせた。

「引退に関しても、なにに関しても」
「…え？」
「わからないことばかりだよな、世の中」
　窓の外に、グラウンドを走る１年と２年…そしてマネージャーふたりが見えた。
　なにも変わらない。
　変わらない風景で、変わらない日々のはずだった。
「日向？」
「…なんでもねぇよ。月日がたつのは早いってこと」
　そう軽く笑ってから、日向はスポーツドリンクを飲みほした。
「よっしゃ、また走るぞ」
「…いや、一応部長は俺なんだけど…」
「いーから急げ」
　いや、よくない…。
　…そう思いつつも、日向のペースにのまれることは嫌じゃないわけで。
　やれやれと苦笑しながら、日向に続いて部室を出た。

「あ、休憩終了？」
「まぁな。…柚。やっぱ俺、部長の座をあいつに取られてるわ」
「あらら」
　ふふっと笑いながら、記録をつけていた柚は、クリップボードから顔を上げた。

「なにかあったの？」
「や…以前からずっと、そんな気が…」
「弱気になんないの。日向の毒舌に負けちゃダメだよ？」
　柚の笑顔が、俺は好きだ。
　…いや、それが友情だとか恋愛だとか、そんなのはどうでもよくて。
　ただ純粋に、柚の笑顔は人を幸せにする力があると思う。
　…柚が笑っていると、とりあえず安心する。
「あれだね。日向が"太陽"なら、拓巳は"空"だね」
「…は？」
「空があるから、太陽は安心して輝けるんだよ」
　なんてね。
　そう少しはにかんだ表情は…たまらなく愛しかった。
　空、か…。
「いーこと言うな。柚」
「でしょ？」
　――俺が空で、日向が太陽なら…柚は星で。
　遠いようで近い距離で、日向を見守ってる。
　小さくも確かな、たくさんの希望を与えてくれるんだ。
　俺はせめて、そのそばにいることを許されたい。

「…今日は風がわりと涼しいな」
「うん」
　柚の長い髪を結ぶゴムの飾りが、太陽の光を受けてきらっと光った。

茶色に近い髪が、オレンジ色に染まって見える。
「拓巳、走らないの？」
「お、靴ヒモ結び直してから…」
　そう言ってかがんだとき、日向に目をやった。
　相変わらず奴は風のようにさわやかにグラウンドを駆け抜けていて。
　…そして柚は、それをまっすぐに見つめていて。
　なにも変わったところはなくて。
　…俺は靴ヒモを、結び直した。
　この間、柚の表情が瞬きもなく日向を見つめていたこと。
　それには気づかなかった。
　気づくべきだったのに気づかなかった。
　変にからまっていた靴ヒモを引っ張ったせいで、ブツッとそれがちぎれたとき。
　…イヤでも、不吉ななにかを感じずにはいられなかったけど。
「柚、悪い。靴ヒモって持ってないか？」
　…ちぎれたひもをなんとか結びつけようとしながらそう聞いても、柚はなにも…言わなかった。
「ゆ…ず…？」
　──耳元で風が、鳴った。
　見上げれば、柚は無表情で、呼吸さえ忘れたかのように、まっすぐにグラウンドに目を向けたままだった。
　柚の視線の先をたどれば、そこには変わらない日向の姿があるわけで、どうして柚がそんな目をするのかは、わか

らなかった。
「柚…?」
「…気の、せいかな…?」
「え…」
「ごめんね。なに?」
　柚があわててそう言ったから、安心した。
　…だけど、心はあせっていた。
　なにかが不安で。不吉で。
　…ちぎれたこのヒモを、一刻も早くつないでおきたかった。
「靴ヒモね。あるよ」
　柚はぎこちなく微笑んで、ジャージのポケットの中から小さな缶(かん)を取り出して、「はい」と手渡してくれた。
「サンキュ」
　…早く、つなぎたい。
　今ならまだ間に合う気がした。
　つないでしまえば、今感じているどうしようもない不安もすべて…。
　怖い。
　怖いんだよ。なんだかわからないけど、すごくすごく…。
「…っ」
　靴ヒモを付けかえるだけで、こんなにも手が震えるなんて、初めてだった。
　ちぎれたヒモを、地面に置いて、缶から取り出した新しいひもを、通す。
　…蝶々(ちょうちょう)結びをするのに、そこまで時間はかからなかった。

「よし…！　サンキュ、柚」
　わざと声を張りあげて、靴を見たまま柚に缶を差し出した。
　…でも、受け取られる感覚はなかった。
「柚」
「……」
　…柚の小さな手に、缶を渡すと、なんの力も備わっていなかったせいでそれは地面へとすべり落ちた。
「…おい、柚！」
　俺の声に、近くにいた１年のマネージャーも、
「どうしたんですか!?」
　と反応して、筋トレをやっていた１年達も、俺達の周りに集まってきた。
「柚マネージャー…？」
「おい、柚！」
　柚はなにも言わず、瞬きも忘れたかのように、視線を日向に向けたままで。
　…俺達も、日向の走る様子に目を向けた。
「え…？」
　──どうしてだか、わからない。
　ただ、目の前のグラウンドを駆け抜ける日向を見つめていたはずなのに。
　…なぜか俺の視線の先に映ったのは、初めて会ったときの日向だった。
　１年の夏に…グラウンドを駆け抜けた日向だった。
　夏の大会で、誰よりも速くゴールを切った日向だった。

…日向と出会ってから今までの日々が、次々と胸によみがえってくる。

『陸上部なら、よろしくな』
『日向。相原…日向』
『努力は人を裏切らない。裏切られたってことは、努力が足りなかったってことだ』
『一秒一秒の大切さを…ここまでわからせてくれんのは、陸上だけだから』
『アスリートになったらさ、もっと広い世界を知れるんだよな…』

『拓巳、部長やれよ』
『は？　なんでだよ。日向の方がむいてんだろーが』
『お前が頼りになるから、俺は安心して走れんだよ。…な。頼む』

　…時間が止まったような、気がした。
　もう一度、風が吹いたとき。
　…柚の唇が、静かに動いた。
「拓巳…。…救急車、呼んで」
　その言葉を聞き終わったような…風にさえぎられたような…その瞬間。
　…日向の足が、ひざからグラッ…と崩れ落ちて。
　——その体が、グラウンドに倒れこんだ。

温かい涙

【日向 side】
　鉛のように、足が重みを増してゆく。
　次の一歩をためらったときにはもう遅かった。
　…景色が止まって。
　風が止まって。
　ガクンッ…と足から力が失われる強い感覚だけが、そこにあって。
「っ…あ！」
　抵抗もできなかった。
　…自分の体が、崩れ落ちてゆくことに。

「…っ、日向っっ！」
「触れないでください！　担架で運び入れます」
　うるさいサイレンの音が聞こえてきたと思ったら…体が持ち上げられ、ほんの少し目を開けると、柚や拓巳達がゆがんで見えた。
「っ…」
「彼が以前入院していた柳沢総合病院へ搬送します！」
「付き添う方、中に乗って！」
「ご両親に連絡を！」
　そんな騒ぎを俺は…まるで他人事のように見つめているだけだった。

諦観
ていかん
することしかできなかった。
　…痛みさえも感じない、足と体を担架に乗っけたまま、心はまだグラウンドにあったから。
「…ん」
　…静かに目を閉じると、意識だけは悲しいぐらいに自由に動いて、今度こそ忘れまいとする記憶の海の中を…ゆっくりと、ゆっくりと泳いでいった。

　——柚と出会ったのも、春。
『近所に住んでる、ユズちゃんよ。仲よくしてね』
『ユズ？　誰だそれ』
『…あたし』
　小学校に入るか入らないか、ぐらいの時期だった。
　母さんが連れてきた女の子の名前は、ユズ。
　金谷…柚。
　ふわふわとした長い髪に白い肌。
　見た目が人形のようだった君は、実はかなり泣き虫で意地っ張り。
『あ、だめ。おかし食べる前は"いただきます"でしょっ』
『…細かいっての』
『細かくない！　ちゃんとやるのっ』
　小学生になってからも、柚は妹的存在だと思ってたのに、いつの間にか、俺が柚に怒られることの方が増えてたな。
『わ…あの子、走るの速い…！』
『俺の方が速い』

知ってんのか？
　…いや、バカだから知らないだろうな。
　お前が走りが速い奴のことを『かっこいい』だの『すごい』だの言うからさ。
　嫉妬して、すげーがんばったんだけど。
『ユズっ』
『…なによ、ヒナタっ』
『競走しようぜっ』
『やだよ…ヒナタ、速いんだもんっ』
　…なんでもいいんだ。
　同じ道を走りたい。
　俺がちゃんと、柚の速さに合わせてやるから。
　…そう思ってたけど。
『あたしは走らないよ』
　…その言葉は、中学で柚が陸上部をすぐやめたときにも聞くことになる。
『なんで？』
『…ユズ、見てる』
『は？』
『…ヒナタが走るのをね、ずっとここで見てるよ』
　…なぁ、柚。
　もしも時間が一度だけ戻るとしたら、俺はあの頃に帰りたい。

　──めったに話すことがなくなった、中学時代。

柚はすぐに陸上部をやめて…どんくさいくせに家庭科クラブに入った。
　一緒に帰ることもなく。
　とくに話すこともなく。
　…俺も部活に打ちこんでいて、柚と特別に話したいという気持ちもなかった。
　だけど。
　…不器用な柚がくれた優しさが、いつもそこにあった。
『ほれ、日向。あずかり物』
『…へ？』
『髪が長くてきれいで、ちょっと天然そうな感じの女の子が。…日向にってさ』
　先輩を通して渡された、小さなタッパー。
　甘い匂いのするそれを受け取ると、先輩は『モテるなーお前』とため息をついた。
『…なんだ、こりゃ』
　開けてみて思わず笑った。
　…中身は、はちみつレモン。
　タッパーの裏には"yuzu"とサインしてあって。
『…直接渡せよ』
　少し微笑んで、その甘いレモンをかじった。

　——なぁ。
　何度も神様は俺に意地悪したけど、出会いも悲しみも含めて運命だというのなら…。

…俺はやっぱり神様を恨むことはできない。
かけがえのない…陸上に出会った。
走る幸せに出会った。
高校で出会った…隆史先輩や雄大先輩達、後輩達。
いつもあきれたような表情で俺を見守る拓巳。
…いつも俺の睡眠(すいみん)をさまたげる、ALTのくそばばあ。
『晴れだぞ。よかったな』と半ばバカにしつつも温かいクラスメートの奴ら。
いつも俺以上に泣いて、笑って、苦しんで、喜ぶ母さん。
俺の一部を作ってくれた、今は亡き親父。
…俺に希望を与えたいと言ってくれた担当医の先生。
そして…。
『日向ーっ、あたしが見えるー?』
…見えるよ。
目を閉じていても、見える。
『日向の風の色は透明だね』
…柚がそう言うんなら、そうなんだろうな。
『日向っ』
…今度はなんだよ。
『大好き』

——いつも、いつもあきれるくらいに君がそばにいた。
もしも今、生きる理由を問われたら、俺はあの日と同じようにこう答える。
"守りたいものがあるから"

…生きたいんだ。
　　これからもずっと。
　　柚だけじゃない。
　　今までにかかわった温かい人達と…これからも生きてゆきたい。
　　忘れたく…ない。
　　だから…絶対に、忘れない。
　　――『ねぇ、日向』
　　…ん？
『日向は今幸せ？』
　　――すげー…幸せだよ…。

　君はきっと…知っているだろう。
　俺は幸せなんだ。
　すごくすごく…幸せなんだ。
　…だからさ、もうこれ以上なにもいらない。
　なにも…いらないんだよ…。
　君がそこに、いてくれるだけでいい…。

　そして、もう永遠に忘れない。
　どんなにつらくたって、何度でも同じところに戻って、歩き出してやる。

　　――日向。
　　日向、ひな…たっ…。

…少しずつ、その声が聞こえてくる。
　耳に入りこんでくる。
　薄れた意識が少しずつはっきりとしてきて…。
　…わずかに目を開けると、ぼんやりとゆがんだ天井が見えた。
「日向…っ、いなくならないで…」
　…しゃくり上げる愛しい声とともに、ほんの少しだけ開くことのできた目。
　視線を隣に移す。
　…一番会いたかった人。
　一番大切な人は、俺が目覚めたのにも気づかずにしゃくりあげて…泣いていた。
「っ…やだ…いなくならないで…っ…死んじゃやだ…っ！ やだよ…っ」
　…アホか。
　支障があるのは足だけで…死ぬわけないっての。
　そう思いながらも…俺は、思わず涙をこぼしそうになった。
　…泣かせてばかりだ。いつもいつも。
　俺の"走りたい"というわがままは、結局柚を泣かせてしまう。
　わかっていた。
　…だけど…走れることがあまりにうれしかったんだ…。
「ごめん…柚」
「…っ…!?　ひな…」
「死なねぇよ……絶対に…死なない」

涙のたまった目を見開いた柚の…小さな手。
　　こわれてしまいそうなほどに華奢な手を、俺は握りしめた。
「…うっ」
「…本当…泣き虫だな…？」
「っ、だって…だって…っ」
「…わかってる…から…」
　　ぽろぽろと頬にこぼれ落ちる、温かい涙を感じて。
　　…俺は再び目を閉じた。
「お願いだから…もう、泣かないで…？」

　　——The meaning of my life is your existence.
　　（君は俺の、生きる意味だ）

俺が走ると、君が泣く。
もうわがままを言うのはやめにしよう。
…温かい人達に守られてばかりだった、俺が。
今度はみんなの幸せを…守っていくために…。

運命

【柚 side】
「幸い、そこまで支障はきたしていない。…またすぐに、歩けるようになるだろう」

そう言う先生の表情は、厳しいものだった。

クリップボードから顔を上げて、先生はベッドの上に座る日向をまっすぐと見つめた。

「…だが、大会出場は禁止だ。今後…走るスポーツを行うことを私は認めるわけにはいかない」

「えっ…！」

あたしは、漏らしそうになった声を必死におさえた。

…日向と、日向のお母さんはなにも言わなかったから。

まっすぐ、先生の目を見つめて言葉を受け止めていたから。

「…君には、これから先の長い未来がある」

先生は丸いすに腰かけて、日向と視線を合わせた。

「連鎖反応なんだ。また走れるようになったとしても、きっとまた、同じことが繰り返される。そんなことが続けば…なにかの拍子に君の足がまったく動かなくなるかもしれない」

「…はい」

「まったく足が動かなくなった人生を想像しろだなんて、酷なことは言えない。…君の人生の可能性を削ってしまいたくはないんだ」

先生の言葉は切なく、深かった。
　日向のことをどれほど思ってくれているのか…心に強く伝わる。
「…俺は、もう走りません」
　日向の言葉に顔を上げると、日向はわずかに微笑んで、あたしを見た。
「ごめんな…柚」
「ひな…」
「…だけど、俺はもうグラウンドを走らない。それが一番正しい道だと思うから」
　日向が決めたことに…あたしはなにか言えるはずもなかった。
　…おばさんは涙ぐんで、日向の髪をなでた。
「日向…」
「…ちょ、なにすんだよ…」
　少し身をよじってから、日向はおばさんに、タオルを差し出した。
「ん」
「日向…」
「…大会の応援には行けるように、がんばってリハビリしなきゃな」
　軽く伸びをして、そう言った日向の声は明るかった。
　──病室に光が差して、日向の髪が…太陽の光によって、やわらかい色にまた染まった。
「先生、俺がんばりますから。またよろしくお願いします」

「…日向くん」
　先生は、少しだけシワの刻まれた頬をゆるめて、日向の腕に軽く触れた。
　その表情は真剣で…どこまでも優しかった。
「私は、あまりクサいセリフは好きじゃないんだが」
「…え？」
「…君に会えて、よかった」
　日向はその言葉に、一瞬目を見開いた。
「先生…？」
「…君のような輝いた存在に出会えたことを、誇りに思うよ」
　だから…これからも前向きに、強く生きていってほしい。
　転んでも、立ち止まりそうになってもかまわない。
　またいつか歩き出せるのならば。
　…その言葉に、日向は微笑んで、「はい」と強くうなずいた。
　——"藤島の風"は、もう吹くことはない。
　そう思うだけで、胸が張り裂けそうなほどにさみしかった。
　…だけど、悲しくはなかった。
　日向が選んだ道だから。
　少しでも、日向の未来の可能性が失われないなら。
　…だから、涙はこぼれなかった。

「柚」
「…っ？」

「ごめんな」
　病室にふたりきりになると、日向はあたしの髪に手を伸ばして静かになでた。
「もう一度走るって約束したのに…ごめん」
「…日向の出した答えに、まちがいなんて、なにひとつないよ」
　無理せずに、微笑むことができた。
　…日向の、どこか大人な瞳が、優しい瞳が、少し意外そうにあたしを見つめた。
「あれ。泣くと思った」
「な…泣かないよ！」
　少しムキになってそう言い返すと、いたずらっぽく笑った。
「…あんまり泣いたら目がはれるしな」
　心がこんなにもおだやかなのは、きっと日向が…目の前にいて、その温もりを確かに感じるから。
「…なぁ」
「えっ？」
　少し考えるように、窓の外に目をやってから、日向はもう一度あたしを振り向いた。
「俺の…夢の話だけどさ…」
「うん…」
　ドキンッ…という胸の鼓動が確かに聞こえた。
　――"夢"。
　その言葉を聞いただけで、呼吸さえも忘れそうになった。
「…なに…？」

「……」
「……」

　日向は数学の問題を考えるかのように、眉をしかめたままあたしを見つめると、
「…やっぱやめた」

　そうつぶやいて、小さく笑った。

　そんな日向に、一気に肩の力が抜けて、さすがに聞かずにはいられなくなった。
「ちょっと！　そこまで言いかけてなによっ」
「…や。ちょっと賭けを、な」

　…賭け？

　そう首をひねったあたしに、日向は意味深な表情で続けた。

　不思議な…なにもかもを見透かしてるような笑みだった。
「賭けてみるんだよ。…運命ってやつを」
「へ…？」
「…もし賭けに勝ったら、そのときまた考える」
「ん…？」

　頭上に"？"マークを並べて首をひねるばかりのあたしを見て、日向は相変わらず笑っていて。

　…その言葉が最大で最後のカギとなったことを、このときのあたしはまだ知るよしもなく。

　なにもかも…最後の瞬間が近づいてくるのにもかかわらず、すべてが無邪気に過ぎていった。

「来週行われる陸上競技大会に出場予定だった、本校陸上

部3年、相原日向くんは、怪我により棄権となりました」
「…え…?」
「日向が…?」
「まさか…また事故…とか?」
　日向が倒れたときの騒ぎは、教師達と一部の生徒しか知らなかった。
　翌日の集会でそのことが校長先生の口から告げられると、あたし達のクラスの列は他よりもざわついた。
　当たり前の反応。
　クラス替えがないせいで、3年間ずっとずっと日向を見てきたクラスメート達だから。
　…陸上バカの日向を少しあきれたように、だけど優しく見守ってきたから。
「なんでいつも…日向がこうなるんだよ…」
　教室に戻ってからも、ざわつきは収まらず、ホームルームを始めようとした担任が必死になだめても、無駄だった。
　ひとりの男子が、担任に向かって質問を投げかけた。
「じゃあもう日向は…走らないってことですか?」
「矢口、それはな…先生の口からはなんとも…」
「…最後の大会ですら、あいつは出られねぇのかよ!」
「こんなの…ひどすぎる」
　何人かは、悔しさに唇をかんでいた。
　何人かは、涙をこらえた表情をしていた。
　…何人かは、泣いていた。
　気づかなかった。

あまりちゃんと、見ていなかった。
みんな、みんな大好きだったんだ…。
…英語が堪能で、いつも授業中は爆睡で、先生にも突っかかるほどに口が悪くて…。
晴れの日と雨の日の機嫌が限りなくちがう…。
…太陽のように、走る姿は誰よりも輝いている。
陸上バカ、相原日向を。
"藤島の風"を…。
不意に胸が熱くなって。
…苦しくて、切なくて…。
「柚ちゃ…」
力が入らなくなってふらり、とした体をそばにいた愛ちゃんに支えられそうになったとき、
「…ちょっと、いいかな?」
ずっと静かにその様子を見守っていた拓巳が、そう言った。
「たく…み?」
「陸上部部長として…みんなに伝えたいことがあるんだよ」
あたしが目を向けると、拓巳はその視線を受け止めてくれて。
…静かに微笑んだ。
まっすぐな瞳だった。
「あいつは…大切な陸上部員だ」
「…たく…」
「走る、走らない。…その選択をするのに、たぶんあいつは一生の中で一番と言っていいほど苦しんだと思う。一生

分の…涙を使ったかもしれない」
　一番後ろの席に座ったままの拓巳の言葉に。
　…担任も。
　あたしも。
　そして、みんなも。
　…静かに耳を傾けていた。
　拓巳は一瞬だけ日向のいた席に目をやって。
　…ゆっくりと、続けた。
「選択ってたぶん、正しい正しくないよりも大事なもんがある。…それを決める、勇気だ。とくに、あいつの場合は…誰よりも勇気がいる選択だったんだよ」

　——ねぇ。
　…生きていくうちで、人は何度の選択を要求されるだろう。
　あなたは、どれほどの涙を流したのだろう。

　…心が震えて、止まらなかった。
　愛ちゃんが優しく、背中をなでてくれた。
「…だからさ、俺は日向を本当にすごいと思う。よくがんばったな…って言ってやりたい。…そう言ったら、たぶんあいつ、また毒舌はくだろうけどな」
　拓巳は少し苦笑してから、まっすぐにみんなと向き合って、はっきりとした口調で言った。
「来週の大会を最後に、俺達陸上部３年は引退します」

"俺達"
　…その言葉は温かくて、拓巳の意図をすべて含んでいた。
「相原日向は…今までずっと、まだこれからもずっと陸上部のエースなんだよ。トップランナー…なんだよ」
　日向は、退部届けを渡してほしいと言った。
　…だけど、拓巳は受け取らなかった。
『夏が終わるまでは…まだあいつは、陸上部員なんだ』
　拓巳の言葉は、あたしの心の中にいつまでも深く残っていた。

ラスト・スパート

【柚 side】
「クールダウンだ、クールダウン。無茶ぶりはすんな。前日は体を慣らす程度にして、あまり無茶して走りすぎないように」

拓巳の叱咤が飛ぶ。

…明日が大会なのだと朝には全然なかった実感が、ようやくわいてきた。

「マネージャー、タオル！」
「あっ。はいはいっ」

1年生の女の子も、だいぶマネージャーとして慣れてきて。

…いやむしろ、あたしよりも慣れている気がして。

仕事の大半を、彼女に取られているような気がしなくもない。

「悪い、スポーツドリンク…」
「あ、あたしが持って行きますっ」

さすがに仕事を取られてばかりだと悲しい。

あたしはスポーツドリンクをひっつかんで、あわてて拓巳のもとへと走った。

「…柚、顔怖い」
「えっ!?」

くくっ、と笑いながらスポーツドリンクをひと口飲むと、拓巳はふたを閉めながら、

「歩けるようには…なったって？」
　と、さりげなく聞いてきた。
「うん。明日はおばさんが競技場まで送っていくって」
「…そっか」
「がんばろうね」
　あたしは汗を拭くタオルを拓巳に渡して、微笑んだ。
「…今度は拓巳達が、希望になるんだよ」
　雲ひとつない青空。
　明日も同じくらい晴れるらしい。
　…誰ともなく、はてしなく広い青空を見上げて、まぶしい光に目を細めていた。
　明日が終わってもまだ学校はあるわけで、このグラウンドはいつだって目にすることができるし、部室にだって遊びに行ける。
　…だけど、やっぱりなにかが終わってしまうんだ。
　３年間走り続けたグラウンド。
　いろんなことを話し、笑い、泣き、ときに衝突し合った藤島学園陸上部を見守ってきた部室。
　自分の体に目をやれば、すっかり着慣れた緑色のジャージ。
　そして…。
　ここから見上げた空は、いつもきれいだった…。
「…ありがとう」
　月並みな言葉だけど…なににも替え難い気持ちだった。
　みんなに出会わせてくれて、みんなを走らせてくれて…ありがとう。

そしてあたしは、それを見守ることができて…。
とても幸せでした…。

「明日は６時にここに集合。死んでも遅れんなよ」
「部長。死んだら来れません」
「ええい、ごちゃごちゃぬかすな！」
　日向のような憎まれ口をたたく後輩の頬を拓巳がつねって、全員の間に笑いがこぼれた。
　いつもは夜まで練習なのだけれど、今日は大会前日ということもあって、そこまで遅くならずに切りあげられた。
「お疲れ様でしたー」
「お疲れ。しっかり休めよ」
　全員の背中に手を振って、見送ってから、拓巳は優しい表情であたしに振り向いた。
「柚も…お疲れ」
「まだ早いよ」
　あたしは小さく笑って、軽く鞄を肩にかけ直した。
「明日が終わるまでは、まだ…でしょ？」
「だな」
　拓巳はそううなずいて、あたしに手を振った。
「じゃ明日。がんばろうな」
「うんっ。明日ね」
　拓巳に背を向けて…あたしは、日向の家へと向かった。
　もう今日中には家に戻ってきているはず。
　思ったよりもリハビリが順調に進んで、異例なほどに早

く退院できたと聞いたから。
「えっと…。…ん…？」
　団地に着いて"相原"の表札を探そうとしたとき、あたしの目は、団地の一番端にある階段に腰かけている誰かをとらえた。
　ひと目見た瞬間、たとえ遠目でも誰かはすぐにわかった。
「…日向！」
「わ、急に走ってくんな。…びっくりした」
「お帰り」
　あたしはそう笑いかけて、ちょこんと隣に腰かけた。
「…外に出て、なにを考えてたの？」
「ん、ちょっとな」
　日向はそう言ってから、あたしのふくらんだ鞄に触れた。
「…やたらパンパンだな」
「あ、参考書がね…」
　あたしはそう答えながら鞄を開けて、いくつかの参考書を取り出した。
　某大学外国語学部の赤本に、英文読解問題集。
　ターゲット英単語、英熟語。
「がんばってんだな」
　と感心したように、日向はひとつひとつを手に取った。
「もちろん！　絶対翻訳家になって、海外の小説を手掛けていくんだもん！」
「…がんばれ。柚ならできる」
　優しい笑顔を向けて、日向はあたしに参考書を返した。

「日向に教えてもらった読解方法とかも、たくさん役立ってるよ」
「そっか」
「うん。…日向」
「なに」
「日向は…あまり料理できない子とは、結婚できない？」
　…自分でも驚くほどに、自然と口に出していた。
　どこまでも不器用で、どこまでも遠回しなプロポーズ。
　笑えるくらいに、自然だった。
「…お、それってプロポーズ？」
「そうかも」
　…それでも、日向にはちゃんと伝わっていたらしい。
　その瞳を閉じて、あたしの手を優しく握って、こう言ったから。
「…迷惑かけんのは嫌いだけど、かけられんのは嫌いじゃない」
「えっ…？」
「とくに、柚になら」
　あたしの頬にキスを落として、日向は、ぎゅっとあたしを抱きしめてくれた。
「っ…」
「だからさ…こうしようか」
「……」
「前に俺が言った"賭け"に勝って、互いの夢を叶えたら…。…そのときは、柚を連れ去って行く」

日向の腕の中は温かくて、声も温かくて。
　　言葉も…。
「…うん…」
　　その温もりに、思わず目を閉じた。
　　どうしてうなずいてしまったのかは自分でもよくわからない。
　　…だけど、まちがいだとは思わなかった。
「絶対に…あたし、夢叶えるからね…」
　　どれくらいの月日がたってから、になるのだろう。
　　あたし達はどんなふうに、それぞれの道を歩いていくのだろう。
　　…あたしは、日向の道に。
　　日向は、あたしの道に。
　　寄り添うことはできなかったけれど。
　　影はひとつになることはできなかったけれど。
　　はてしなく長く続く旅路が、どこかで不意に交わることがあるのかもしれない。
　　…それを人は"奇跡"と呼ぶのだろうか。
「大好きだよ」
「…ん？」
「ずっとずっと…日向が、大好きだよ」
　　この気まぐれな世界…いや、宇宙で。
　　永遠に変わらないと誓えるものがひとつ、あるとしたら。
　　――それは、君への想い。
「俺も…」

日向は目を伏せて、あたしを抱きしめる力を強めた。
「…ひな、た…？」
「俺も、柚が…大好きだ」

　――日向に好きだと伝えたのも
　好きだと伝えられたのも
　抱きしめられたのも
　その温もりを感じたのも
　"いつか"の話をしたのも
　これが　最後の愛しい瞬間でした
　明日と明日のその先を知らないあたし達は
　知る術を持たないあたし達は
　ただ　走るしかないのです
　今日の終わりへと
　ラスト・スパートをかけて

Run to you,
run for you.

…君が生き甲斐でした
君の存在に救われていました
ごめんねじゃなくて
さよならじゃなくて

"ありがとう"

響かせて

【拓巳 side】
「ふぅ…」
　家を出て、涼しい朝の空気を感じるために深呼吸をした。
　…空は、青い。
　風もほどよく吹いていて、始まりと終わりにふさわしい天気だった。
「じゃ、行ってくるから」
「がんばってね」
　のんきな母さんの声に送り出され、学校へと向かう。
　慣れた道のりのはずなのに、やたら長く感じて…自然と駆け足になっていた。
「…お」
　だけど、毎朝通る向日葵畑に差しかかると、いつも自然と足が止まってしまう。
　堂々と空に胸を張って咲き誇る向日葵を見ると思わず笑みがこぼれた。
　"憧れ"、"光輝"。
　そんな花言葉を持つからだろうか。
　光り輝く向日葵を見ると、断然力がわいてきた。
「…よし、がんばろ」
　学校の門が見えてきたと同時に、数人の後輩達が入っていく姿も見えて、

「おーっす!」
「あ、おはようございます!」
　俺は笑って、手を振った。
「んーと、今日の競技場での注意は…こんぐらいだな」
　競技場に向かうまでのミーティングで、俺は必要な連絡をひととおり終えた後、顔を上げた。
「なんか質問ある奴いる?」
「……」
「よし。じゃ、さっそく競技場に…」
「ぶ、部長!」
「なんだよ」
　思わず怪訝な表情になると。
　…後輩達はあわてたように言いはじめた。
「なんていうか…部長から最後のひと言的なものは…」
「…あ、考えてない」
「部長!」
　突っこまれて、初めて気づいて頭をかいた。
　そういや、そんなの…考えんの忘れてた…。
　我ながら肝心なこと抜けてたな…。
「悪い悪い。まさか、そこまで期待されてるとは思わなかった」
「期待というか…なんか締まらないじゃないですか」
　2年のひとりが、口をとがらせて言った。
　その言葉に柚までがくすくすと笑った。
「たしかに」

「とは言ってもな…俺、そういうのあんまり得意じゃ…」
　大会がすべて終わってから、言いたいことがあれば言えばいいかなと思ってたんだけど、そうもいかないらしい。
「んー…」
　かといって、わざとらしいことも言いたくない。
　時間もないし…。
　…あいつなら、なんて言うかな。
　そう、思ったときだった。
「楽しめ。とにかく楽しめ」
　…そんな言葉が、自然と口をついて出たのは。
「部長…？」
「楽しめばいーんだよ」
　なぜか、思い出していた。
　…事故に遭う前の日向。
　リハビリを積みかさねて、ようやく走れるようになったときの日向。
　あいつは、グラウンドを駆け抜けるすべての瞬間を幸せそうに…大切にしていたから。
　だから…伝えたくなったんだ。
「敵は相手じゃない。自分自身だ。…自分が以前よりどれくらい速く走れるようになったか、その成長を楽しめれば、それで十分だ」
　当たり前だけど、忘れがちなこと。
　…俺はいつしか、微笑みながら部員全員に語りかけていた。
「つまりは…自分に勝て、ってことだ。…がんばろうな」

「…っ、はいっ!」
　まっすぐに俺の目を見て話を聞いていた後輩達が、そう強くうなずいた。
　…競技場へと向かうために部室を出たとき、柚が俺の肩をぽんとたたいた。
「部長らしかったよ」
「…なに、笑ってんだよ」
「なんかね…重なって見えたんだ」
　戸締まりをして、持っていく荷物を確認する柚に俺は首をかしげた。
　…重なって見えた?
「誰に?」
「拓巳に」
「…誰が?」
「隆史先輩や、雄大先輩が」
　そう微笑む柚の言葉に、俺はゆっくりと体の力が抜けていくのを感じていた。
　…安心したのかもしれない。
「俺はちゃんと部長を継げたってことかな」
「うん。…きっとね」
　バトンをちゃんと受け取ることができて、落とさずにちゃんと渡すことができた。
　…そのことに、こんなにも安心するとは思わなかった。
「あと、日向にも似てた」
「…へ?」

「拓巳の、表情」
　柚はそう言って、不思議な笑みを浮かべた。
　切ないようななつかしいような…そんな表情だった。
「…日向に？」
　俺がずっとずっと背中を追いかけてきた…相原日向。
　追いこせない。
　追いこしたくない。
　…そんな、かけがえのない存在。
　追いこすことはなくても…並ぶことぐらいなら、許されんのかな。
　…まだ無理だって、あいつは笑うかな。
「あんな毒舌に似てるだなんて、ごめんだっつーの」
「あ、言っちゃったね」
　柚と顔を見合わせて笑うと、なんか無性に日向の走りがなつかしくなった。

「拓巳っ、金谷ー！」
「わ、びっくりした」
「みんな来てくれたんだ…」
　競技場に着くと、スタンドの一部は３年２組の生徒で埋めつくされていて。
　そのまん中に、囲まれていたのは…。
「…お前ら、バカ丸出し。静かに観戦しろっての」
　あきれ顔の、日向だった。
　相変わらず毒舌の日向の肩に、数人の男子がおおいかぶ

さる。
「わわ、やめろアホっ」
「相変わらず、俺達への愛情表現が素直じゃないなぁ」
「黙れ！　素直もなにも始めっからないから。そんなもん」
　…スタンドで、観客として俺達を見守る。
　そんな日向の姿を見ると…すごく切なかった。
　柚の瞳も、同じ気持ちをたぶん物語っていた。
　…でも。
「おーい、日向っ！」
「よっ。がんばれよ。ここから見てっからな」
　だからこそ、乗りこえなければいけない、なにかがある。
　俺達にそう教えてくれたのは…。
　…お前だろ？
　だから俺は…精いっぱい走ろうと思うんだ。
　俺だけじゃない、他のみんなも。
　…日向に見せられる姿勢は、精いっぱい走る姿だけだから。
「各校の責任者は…」
「あ、呼ばれてる」
　本部に呼ばれて、俺と柚は手続きをしに向かった。
　…一瞬だけ再び振り向くと、日向の目はどこかなつかしそうにフィールドを見つめていた。
「どしたの？」
「…や、なんでもない」
　柚にそう微笑んで、その背中を押した。
"一緒にこのフィールドを駆け抜けたかった"

その共通の思いだけは、俺達の中だけに、しまっておきたかったんだ。

「短距離部門、出場者は指示にしたがって…」
「…ほら、行けって」
　俺はにっと笑って、短距離を走る１年の髪をくしゃくしゃにしてやった。
「わ、やめてくださいよー」
「いーから。…がんばってこいよ」
「はいっ」
　みんなに背中を押され、スタンドを降りてスタートの方へと駆け出していく。
　…その後ろ姿はなつかしくて"あの日"を思い出させた。
『透明な風になれ』
　隆史先輩がそうつぶやいた言葉。
　…俺はまったく同じ言葉を、その後ろ姿につぶやいていた。
　いや、たぶん人によって風の色はちがうんだろう。
　ちがってもいい。
　ちがうからいい。
　それぞれ、自分らしい…自分なりの風になれたら、それでいいんだ。
「…がんばれ」
　その言葉が、隣でクリップボードを握りしめていた柚とハモった。
「あ、ハモった」

「うん。…なんか、なつかしいよね。いろんなこと思い出す」
　柚もそう笑って、1年がフィールドを駆け抜けていく姿に目をやった。
「あの子…大地くんだっけ。なんか雰囲気や走り方が日向に似てるんだ」
「…大地はとくに、あいつになついてて、いろんなこと教わってたからな」
　自然と、少し離れた場所でそれを見守る日向に目をやった。
　…優しい瞳で、見守るような瞳で、まっすぐと…大地が走る様子をながめていた。
　…なぁ、日向。
　お前は強いよな。すげー優しいよな。
　走れなくなった今でも、なんでそんなに優しく見守れるのか…。
　俺にはきっと無理だよ。
　たぶん俺が日向を追いこせないのは、いろんな理由があるんだ。

「…大地くん、2位。がんばったね」
「ん。がんばったな」
　俺達が伝えたなにかは…実を結んだかな。
　短距離で成績を3位以内に修めたのは、大地だけだったけど。
　みんなが…ここにいるみんなが、たしかに日向からなにかを受け継いで、願うところは俺からもなにかを受け継い

で、誰よりも真剣に走ったんだ。
　走ることを幸せだと感じて…風になったんだ。
　生きていることの意味を、少しでも感じ取れたんだ。
　日向の存在がどれだけ大きかったのか…今なら、わかるだろ？
　走ることだけじゃない。
　──生きることまで…俺達は日向に教えられたのだから。
　心から、ありがとう。

「ほら、拓巳。…出番だよ」
「拓巳部長、がんばってください！」
「めいっぱい走ってきてください！」
　柚と…後輩達と。
　そして…。
「コケたりすんなよ。お前、案外ドジだからな」
「だっ…うるせー！」
　…俺に手を振る日向に見送られて、俺はスタンドを立った。
「がんばってきます！」
「がんばってください！」
　笑いながら、スタンドを駆け降りて、一歩一歩を踏みしめるように…スタートへと向かった。
「藤島学園？」
「え？　…ああ」
「あいつは？　…1年んとき、優勝した奴」
「日向か」

「そ。…今回はいないんだな。張り合いたかったのに」
　たぶん１年のときに日向と競ったんだろう。
　走る前に…少し背の高い、他校の奴が話しかけてきた。
「まぁな。…でも今回は、俺が相手だ」
「お、強気じゃん」
「よろしく」
　互いに、笑い合うと、
「…各ラインを踏まないようにして、位置につきなさい」
　係の人の指示にしたがって、並んだ。
　…不思議と、緊張はなかった。
　見上げれば青空。
　スタンドからは俺の名前を呼ぶ声が聞こえる。
　ずっと…ずっと、陸上は孤独な競技だと思ってた。
　個人だし。
　自分がいかに速く走れるかが問題なわけだし。
　…でも、ちがったんだ。
　"ひとりじゃない"。
　それだけのことで…心はこんなにもおだやかで、優しくて温かくなる。
「位置について…」
　スタンディングスタートで、しっかりと体をかまえて、ひたすら前を見る。
　…それだけだ。

　──パンッ…！

音が鳴り響いたその瞬間、駆け出した。
　足が軽やかに動くことが幸せで、だからこそ、なにかをつかみたくて。
　…ひたすら前を向いて駆け抜ける。
　ふとした瞬間、体の力が抜け一気に楽になって、"風に溶けこむ"。
　この感覚が好きで仕方がない。
　…だから俺は走ってるんだ。
　…"走ってる"。
　なにも聞こえない。
　ただゴールだけをまっすぐに見つめて。
　風に包まれて。
　…余計なことはなにも考えられない。
　息を強く吐いて、一瞬空を見上げた。
　ああ、幸せな瞬間というものは、なんて短いんだろう。
　このまま走り続けていたい。
　…だけど、そうもいかない。
　もう終わりだ。
　…ラスト・スパートだ。
　少しきつくなってきた足をなるたけ上げて、ターボをかける。
　残った力をすべて集めて、足に注ぎこむ。
「一っ…！」
　体が朽ちてもいいと言うぐらいに全力を尽くして、ゴールへと走りこんだ。

…トップでラインを踏んだ、確かな感覚。
　沸きあがる歓声を受け入れる術も持たず、ゴールを切って…その場に軽く倒れこんで、ひざをついた。
「っ…は…」
　渡されたタオルで汗を拭って、とりあえず呼吸を、整えた。
　…血液が逆流しそうだ…。
「拓巳————っ！」
「部長——っ！　最高ですっっ！」
「藤島最高——っ！」
　鼓膜を突き破るような、声。
　…スタンドを見れば、手をぶんぶん振っているクラスメート達。
　手の代わりにクリップボードを振っている、マネージャーふたり。
　抱き合いながら飛び跳ねている後輩達。
　…そして…、Ｖサインを俺に向けている、日向。
「さすがだな、拓巳！」
「おう」
　俺も、笑って。
　頭上にＶサインをかかげて、日向に返した。
　——夏が、終わる。
　陸上が終わる。
　あまりにはかなくて、あまりにあっけない。
　そんな一瞬に振りまわされて俺達は生きている。
　そして、これからも生きていくのだろう。

…いや、生きていく。絶対に。
　今なら…そう誓うことができるから。

「藤島学園陸上部３年、輝崎拓巳」
「はい」
「男子800メートル中距離部門、優勝おめでとう」
「ありがとうございます」
　拍手に包まれて、賞状とトロフィーを受け取る。
　３位入りした大地も、準優勝の賞状をもらった。
　…手にした瞬間、すべてが終わったのだと。
　そう…思った。
　…けど。
「では…なにかひと言」
「は？」
「３年ということは、引退する前の最後の大会だろう？　なにかひと言を…」
　人が好いんだか悪いんだかよくわからない、実行委員会のおっさんは、そう微笑んで俺にマイクを手渡した。
「はぁ…？」
　そう言われても…。
　…俺はマイクをとりあえず受け取りながら、首をかしげる。
　朝、言いたいことは言ったし。
　走り終えたし。
　俺は十分に引退したんだけど…。
「……」

そう考えたとき、俺の目は不意にスタンドへと向けられた。
…そうだ…。
引退する奴が…もうひとりいるんだった…。
…俺はマイクを握ると、まっすぐ前へと向き直った。

「俺達、藤島学園陸上部3年は、この大会を最後に引退します。素晴らしい仲間と…素晴らしい選手とともにこのフィールドを走れたことを、非常に誇らしく、素晴らしく思います。…えっと、ここから先は…今回は欠場いたしましたが、同じくこの夏を最後に引退する3年、相原日向に代わりたいと思います」

周りが、ざわついた。
…スタンドもざわついて、藤島の生徒全員の視線が日向に集まる。
日向は立ちあがって、困惑した表情で俺に言った。
「おい拓巳、なに言っ…」
「来い、日向、いいから。早く」
俺は静かにそう言って、マイクを差し出したまま、日向がスタンドから降りてくるのを、待っていた。

伝えたい言葉

【柚 side】
「え…？」
「…拓巳、どうしたの？」
「いいから。早く来い」
　突然、日向のいる方にマイクを差し出した表彰台の上に立っている拓巳。
　あたし達は状況を飲みこめずにいて、日向もとまどったように、ゆっくりと立ちあがった。
「…なに考えてんだよ、拓巳の奴…」
「っわかんないけど…」
　あたしもとまどいながらも…日向のシャツのすそを、ぎゅっとつかんだ。
「日向がなにか伝えられるなら…伝えた方がいいんじゃないかな…？」
　それしか言えない。
　拓巳はきっと、意味なくこんな行動を起こさない。
　…日向のなにかをわかってるから…きっとこうしてるんだ。
　そうとしか思えなかった。
「……」
「ひな…た？」
「…ったく」

顔を上げると…そこに立つ日向は、あきれたように微笑んでいて。
「おせっかい」
　…そう小さくつぶやいてから、あたし達全員の視線を背に受けて、ゆっくりとスタンドを降りはじめた。
「ひな…」
「あれっ、なんで日向が？」
　たった今やって来たらしい隆史先輩と雄大先輩が、少し息を切らしながら、あたしの隣に腰を下ろした。
「…なになに？　どうなってんの？」
「あたしにもよく…わからないんですけど…」
　あたしは拓巳からマイクを受け取る日向をまっすぐに見つめながら、そう答えた。
「日向は…なにを話すんだろう…？」
「あ、あ。…マイク入ってるな」
　軽くマイクを確かめてから、日向はにっと笑って出場者全員に向き直った。
　…日向と入れ代わりに表彰台を降りた拓巳は、微笑みながらスタンドへと戻ってきて、雄大先輩の隣に腰かけて、その様子を見つめた。

　みんなが…日向を見ていた。
　瞬きすら忘れるほどに、まっすぐに。
　その視線にまったくひるむことなく、日向は口を開いた。
「どうも。藤島学園陸上部3年、中距離を走ってた相原で

す。…んと、この競技場に来るのは、1年んとき以来だから…2回目だな。顔を覚えてる人も数人います。…あ、一緒に走った奴」

　日向がそう笑いかけた他校の男子は、少しはにかんだ表情で手を振った。

「1年んときの陸上競技大会の後…俺は事故で足を怪我して、一時的に記憶喪失になりました」

　話を聞く人の目は…みんな真剣だった。

　中には衝撃を受けたように、目を見開く人もいた。

　…ここにいる人はみんな…陸上を愛してるから。

　日向の苦しみにきっと…寄り添ってくれてるんだ。

「その出来事は本当に衝撃的で。今でも思います。…もし記憶が戻っていなかったら、それはそれでこんなに苦しい思いをしなかったのかもしれない。走れないつらさを…知ることはなかったのかもしれない」

　日向は何度もその苦しみと戦ったよね…。

　…つらかった、よね…？

　また涙がこぼれそうになったあたしを優しく包んだのは、「でも」と続けられた日向の言葉だった。

「でも。…それでも俺は、陸上に出会えたことを後悔してないんです。陸上に出会えた幸せな記憶を、失わずに済んで。今すごく…幸せなんです」

　日向の視線が…かすかに動いて、あたしを優しく見つめて、微笑んだ。

「ひな…」

「生きていると…つらいことの方が多いのかもしれない。だからこそ幸せを、幸せだと感じる。…別れがあるから、出会いを幸せだと感じる。陸上は…かけがえのないものを俺に与えてくれた、最高のスポーツでした」

　日向はいったん言葉を切ると、小さく笑った。
「今…たくさんの人が、このフィールドを駆け抜けていくのを見てて、不思議と"うらやましい"という気持ちはあまりなかったんです。あったのは…。…やっぱり、走る姿って人に希望を与えるんだなって、そんな気持ちでした」

　日向はマイクを口元から離すと、一瞬だけ空に目をやった。
「…って、これじゃ"ひと言"じゃないか。そろそろ終わらないとな。…えっと…"走り続けてください"。足が動くなら、まだ走れるなら。今は走る意味がわからなくたっていい。理由なんてものは生きているうちに自然とついてくる、それで十分なんです。…現に、みんなが走る姿は、俺の希望だからです」

　日向の言葉に…涙を拭うことさえ忘れて、聞き入っていた。
　出場していた他の選手達も、目に涙を浮かべていて、誰かが拍手をしだしたのをきっかけに、少しずつそれが大きくなって。
　…全員の温かい拍手に、日向は包まれていた。

あなたはあたし達が希望だと言った。
だけどね…？

——あたし達には、あなたの生きる姿が希望だったんだよ。
　心からそう…伝えたかった。
「すいません。長くなりました」
「…いや…」
　目を赤くした実行委員会長らしいおじさんは、マイクを受け取りながらハンカチを口元に当てていた。
「あ…泣いてます？」
「はっ、早くスタンドに戻りなさい！」
　軽く笑った日向は、相変わらずで。
　…本当に相変わらずで。
　口が悪くて意地悪で…強くて温かくて優しい、あたしの大好きな人だった。

「日向先輩っ！　一緒に帰りましょうよ」
「お前うるさいからイヤだ」
「日向っ！　じゃあ俺達と…」
「…お前らも同レベル」
「ひでー！」
「お前ら気利かせろよな。日向は柚と帰りたいんだよ」
　日向に抱きつく人達を次々と振りはらった拓巳の言葉に、あたしの頬は赤くなった。
「なっ…拓巳！」
「とか言って、柚も一緒に帰りたいくせに」
　拓巳のにやけた顔に、あたしは目をそらして…こっそりとうなずいた。

たしかに。
　帰りたいですけど…。
「…サンキュ、拓巳。じゃ、お言葉に甘えて」
「きゃっ」
　そう笑ってあたしの肩を抱き寄せた日向に、思わずびくっとした。
　わ…ドキドキした…。
「見せつけんなよー」
「うらやましいぞー」
「はいはい。じゃあな」
　日向はクールに流しながらそう微笑んで、片手であたしの手を取ったまま空いた方の手を振った。
「お、またな！」
「また部室に来てくださいね、日向先輩！」
　いくつもの声に、日向は言葉の代わりに笑みを向けた。

　…あたしと日向は肩を並べて、夕暮れの道を歩いた。
「なんかね…」
「…ん？」
「いろいろ伝えたいことはあるんだけど…うまく言えないや」
　自分でも切なく、愛しいくらいに心は落ち着いていた。

　――わかっていたのかもしれない。
　…ううん、きっとわかっていたんだ。

だって日向は…気まぐれな風だもんね。
　風は行き先を告げないんだ。

「そういえばさ」
「…え？」
「いつかの帰り道…あ、俺が事故に遭った、帰り道だよ。事故の直前に、柚、なにか言いかけてたじゃん」
　日向はいたずらっ子のような目をこっちに向けて、微笑んだ。
「あれ。何言いかけてたの？覚えてる？」
「…」
　あたしは一瞬口をつぐんでから、首を小さく振って、笑い返した。
「忘れちゃったよ。そんな、前のこと」
　そして話題を変えるように、くいっと前を向きなおして言った。
「競走しよっか」
「は？」
「軽ーく、ゆっくり競走」
「昔は絶対にしてくれなかったくせに」
　そう笑った日向の、白いシャツが夕陽に照らされて、まぶしくて、少し目を細めた。
「いーから。行くよ」
「…よし！」
「よーい…ドン！」

軽く、走り出した…その時。
　…あたしは見た。
　――足取りはすごく軽いのに、あたしの横をすっと通り抜ける…その走る姿を。
　後ろ姿はやっぱり透明な風だった。
　スピードが落ちていても…やっぱりそれに変わりはなくて、そしてこれからも変わらないのだろう。
　…思わず、足を止めていた。
「柚？　すぐ止まってどうすんだよ」
　――そのあきれたような微笑みが。
「…やっぱり日向には勝てないなって」
「そりゃな。百億年早い」
　――憎まれ口をたたきながらも、いつまでも優しいその瞳が。
「…柚？」
　あたしはあなたが、大好きです。
　本当に…大好きです。
　涙をこらえて、微笑んだあたしは、
"相原日向"
　あなたと出会ったことで…少しでも強くなれたかな。
『日向』
『…ん？』
『あのね…あたし、日向の』
　――お嫁さんになりたい。
　ずっとずっとそばにいても、いいかなぁ？

あのとき言えなかった言葉。
今も告げることができない、愛の言葉。
だけどね、ずっと君を…愛してるよ。

　――ねぇ。
　気まぐれな風のような君に、どうか、もう一度だけ…。
「日向」
「ん？」
「…目、閉じて…？」

　――風のような君に…キスをした。

あたしが透明の風を…。
日向を見たのは…それが、最後でした。

かけがえのない君に

【日向 side】
　君は思うだろう。
　君は泣くだろう。
　だって君は背負ってきたから。
　——そのあまりに小さな背中に、罪の意識を。
　いつも俺の夢の中で小さい子みたいに泣きじゃくって「ごめんね」と言う。
「ごめんね…あたしのせいで」
「あたしが日向の足を奪った」
　そうやって君はずっと泣いてきた。
　苦しんできた。
　だから、限りなく与えてくれた。
　俺のために、いろんなものを。
　…だけど、もう泣かないで。苦しまないで。
　…笑って、笑って、
　笑っていて。
　——柚らしく、自分の未来を歩いていって。
　そしてずっと、輝いていて。
　きっと君は、涙を流しながらも同時に、気づいていただろう?
　決して決して口には出さないけれど。
　——俺が、俺らしくあるためには。

相原日向が"風"であるためには。
　どうしても君が必要だったこと。
　君がいないとダメだったんだ。
　…本当に。
　君は知っているはずだろう？
　俺が今日まで——君に走り、君に生きてきた、ことを。
　そしてこれからも走り続けることを…。

　君はこれから先、もっときれいになって、相変わらず優しくて、賢くて素敵な大人になるだろう。
　もっと広い世界を知って、いろんな人に出会うのだろう。
　数年たって、きっといろんなことが変わる。

　——それでも、もし、まためぐりあうことができたなら。
　そのときに、君が再び俺を選んでくれたなら。
　そんな奇跡みたいな日を願い続けながら、俺はずっと走り続けていく。
　最後の賭けを永遠に、この胸に秘めて。

風にキス、君にキス。

【柚 side】
　神様はいつだって、彼に、意地悪でした。
　だけど、それでも恨みきれないあたしは…おろかなのかもしれない。
　——まだ信じてる。
　神様でもない。運命でもない。
　——あなただけを。

　…ねぇ、日向、元気ですか？
　覚えて…いますか？
　あなたの見上げた先に、青空があって、優しい風が吹き…。
　その記憶の中には、あたしの存在があることを願います。

「…それで」
「はい。…結局それが、最後だったんですよね」
　あたしは受け取った原稿の角をきれいにそろえながら、そう微笑を浮かべた。
「…つまらない話をしてしまいました。人気作家のナディア先生に…」
「いえ。興味深かったわ」
　人気恋愛作家、ミス・ナディアの英語は癖がなく、日本人にも聞き取りやすい。

そして彼女にも、あまり違和感なくあたしの英語が通じているようで、友好関係を築くのに、そう長い時間はかからなかった。
「でも、ユズ」
「…はい？」
「どうして私に…その話を？」

柚と呼ばれたあたしが首を少しかしげながらレモンティーに口つけると、ミス・ナディアはそう尋ねた。

同時に…あたしの視線は、その湯気を追って少し泳いだ。

どうして…どうして、だろう…？
「たぶん…確かめたかったんだと思います」
「確かめる…？」
「はい」

あたしはうなずいて、原稿を鞄の中にしまうと、鞄に付いている小さなポケットから名刺を１枚取り出した。
「…English translator（翻訳家）Yuzu Kanatani」

いまだに、実感のわかない肩書きを小さくつぶやいてみる。
"夢を、叶えたよ"
"ちゃんと、ここにいるよ"

そんな声は…あなたに届くのだろうか。
「互いの夢を叶えなかったら…たぶん二度と彼には会えないと思ったんです」

ミス・ナディアにそう微笑んで、あたしは名刺をポケットにしまいこんだ。
"互いの道を歩いていって、夢を叶えること"

…それが約束だったから。
　日向は人生の賭けをしているんだ。
　自分の道を行き、夢を手に入れようと。
　きっと…どこかで…。

「それが…あの頃のあたし達の、唯一(ゆいいつ)の存在証明なんです」
「…あなた達の物語を、いつか書いてみたいわね」
　小さく笑って、でもミス・ナディアは不思議な表情を浮かべてペンを手に取った。
「…だけど、物語にはオチが必要でしょう？」
「え…？」
「まだ終わってない。…あなたもそう思ってるはずだわ」
"まだ終わってない"
　…秘めようとしても秘められなかった思いはどこに行くのだろう。
　いつか…どこかにたどり着くことがあるんだろうか。
　優しい風となって。

　…去年、久しぶりにあの頃の陸上部の何人かと集まったときのことを、あたしは思い出していた。
　隆史先輩、雄大先輩、真琴先輩、涼先輩、大地くん、拓巳…。
　最後まで残って話をしていたのは、隆史先輩と雄大先輩と…拓巳だった。
「みんな変わってないなぁ。まだまだガキの顔立ちだな」

「隆史先輩がジジくさいだけですよ」
「なっ、なにおう！」
　久しぶりに会ってもやり取りが変わらない先輩ふたり。
　隆史先輩はIT関係の大手企業に就職して、本人いわく、まだ若いのになかなかの成績を誇ってる…らしい。
　雄大先輩はといえば、なんと司法試験に一発合格。
　しばらくは検事の卵として勉強していたけれど、ついに実力が認められて…。
「…今度、ひとつの事件を担当するんだ」
「ええっ!?」
「この前あった…飲酒運転で、小学生が重体になった事件」
　メロンソーダをすすりながらも、その目は真剣で一流検事のものだった。
「絶対に、罪に合った裁きを下してやる」
「…あの、俺の分まで飲まないでくれます？」
　あきれた表情で、取られたメロンソーダを奪い返した拓巳。
　だけど、それはもうすでに半分以上飲まれていて。
　…拓巳はひとつため息をつくと、テーブルのベルを押してもうひとつメロンソーダを注文した。
「拓巳…診察は入ってないの？」
「今日は俺の担当日じゃないから」
　拓巳は有名大学医学部に一発で合格して、今や大学病院で活躍している若手の医師。
　小児科医として、小さい子を担当することが多いらしい。
「さすが元部長。面倒見いいからね」

「いや、あいつほどじゃ…」
　そう拓巳が笑っても、以前のように空気が凍ることはもうなかった。
「いーや、日向はお前より断然口悪かったしな」
「隆史先輩のこと明らかにバカにしてましたしね」
「う、思い出したくないことを！」
　もう日向の話題を出しても、大丈夫だった。
　…あきらめた、というよりは、時間が…全員を、大人に変えたのだろう。
　きっと、それだけのことだ。
「しっかしあいつ、今どこでなにをしてんのかね…」
「…本当、気まぐれな奴ですよね」
　…あの日を境に、日向はいなくなった。
　退学届けを持ってきた日向のお母さんは、すべて事情を知っていたはずだけれど。
　告げることなく…彼女も、どこかへと引っ越してしまった。
　きっと日向の後を追ったのだと思う。
　…何度迎えに行っても、そこには空き家があるだけだった。
　みんなが思うほど、あたしは驚いてはいなかったんだけど。
　…あたしはそう、反芻する。
　今となれば…日向が発つことを、なんだかずっと前から知っていたような気さえするのだ。
　夢を叶えるために…。
「柚ちゃんは？」
「…え？」

「仕事の予定、どうなってんの？」
　雄大先輩に聞かれて、あたしは微笑み返した。
「来週からアメリカのカリフォルニアに行ってきます」
「わ。さすが売れっ子翻訳家」
「か、からかわないでよ！」
　茶化すように言う拓巳にあわてて言い返して、あたしはアイスコーヒーをすすった。
　まだまだ、がんばらなくちゃいけない。
　それは自分自身が、よくわかってる。
「アメリカかぁ…」
「英語、使えたら便利だよなぁ」
　みんながそんな話をしだしたのをよそに、あたしは窓から青空をながめていた。

「物語のオチ、かぁ…」
　…少しなまりのきつい英語が飛びかう街を歩きながら、あたしはため息をついた。
　時計を見れば、ミス・ナディアとの打ち合わせの時間までだいぶある。
　…そんなときにはふと、日向のことを考えてしまう。
　片手でピアスを付け直しながら、気晴らしのためにカリフォルニア州の地図を取り出した。
　実は、いまだにこのあたりの土地勘はなかったりする。
「どこか喫茶店でも…って、この辺学校ばかりじゃない！」
　地図を握りしめて思わず日本語でそう叫んだあたしを、

行きかう現地の人々が不審(ふしん)そうな目で見た。
「そっ…Sorry…(ごめんなさい)」
　あわてて謝ってから、地図をしまって。
　…とりあえずアメリカの広々とした学校を見学しようと、気の向くままに足を進めていった。
「わ…」
　少し歩くと目の前に広がったグラウンドに思わず目を奪われた。
　広い。
　小学校のグラウンドのはずなのに…広すぎる。
　あの日使った競技場並みに、広い。
　…何人かの生徒が走っている様子もちらほら見えて、なつかしさがよみがえらずにはいられず、思わずフェンスに手を掛けてながめていた。
「なつかしいな…」
　…Swing your arms more!（腕しっかり振って！）
　Look ahead!（前しっかり見て！）
　部長らしき男の子が、いつか聞いたような言葉を部員達に飛ばしてる様子をながめていると…。
「Who are you!（誰だ！）」
　その視線に気づいた男の子が、軽くにらみつけながらこちらに走ってきた。
「わわわっ、I am not…」
「…ニホンジンカ？　アナタ」
　思わずひるんだあたしの表情を見た瞬間、男の子の大き

な目がさらに大きくなり、つたないながらも、確かに日本語を紡いでいた。
「え…イエス、ニホンジンよ」
「Oh. アワティーチャー(俺達の先生)トオナジ、ダナ」
　なんとか聞き取れる日本語をうれしそうに口にしながら、その男の子は笑顔になって、あたしは肩の力が抜けるのを感じながら、英語で返した。
「日本語、先生に習ったの？」
「うん。すっげーんだぜ、俺らの先生。…普段は走らないんだけど、教え方がすっごく上手なんだ！　もうすぐ部室から出てくるよ」

　──その言葉を聞いたとき。
　ドクン、とあたしの心臓が音を立てた。
　……にじみ出るように心にわいてくる、ひとつの記憶があったから。
　そう、いつかの…彼のセリフが…。
　──『日向の夢はなに？』
『トップアスリート。…だけど、もしそれが無理だったら…』

　無理だったら…。
　なぜ急に思い出したのだろう。
　…その言葉の続きであり、彼のもうひとつの夢。

　──『ダメ。…日向みたいに速く走れないよ』

『もっとしっかり腕振って、前見て』
　…いつのことだっただろうか。
　記憶があざやかに、よみがえる。
　いつかの中学時代のグラウンドに、引き戻される。
　タイムを伸ばそうと必死になっていたあたしのそばで微笑みながら…彼はたしかに、言った。
『走るのもいーけど…。…世界中のいろんな人達に、走る楽しさを伝えんのも、悪くないな』

　あたしは震える胸を押さえ、静かにまぶたを閉じた。
　――これは夢…？
　…だって神様はいつだって、意地悪ばかりだった。
　神様がいるなら、こんなに苦しい思いはしなかったのに。
　はかりきれないほどの涙を、あたし達は流した。
　だからあたしは、神様も、運命もなにも信じない。
　そう決めていた。
　だけど……。

『同じ道を歩けなくても、いつか道が交わることがあるのなら』
　――あの日願った言葉だけは、届いたのだろうか。
　…何年も、何年も…君だけを想い続けていた。
　その想いだけは…届いた、のだろうか。

「先生！　こっちこっち！」

「…なにやたら興奮してんだよ。バカだな」

　——あの頃。
　グラウンドという小さな世界で、あんなにも光り輝いていた彼に、恋をした。
　神様。
　どうかあたしに、最後の奇跡をください。
　…だって知っているはずでしょう？
　あたしは決して、彼を見つめることをやめはしないのだと。
　その存在は、あたしの世界のすべてなのだから…。
「…っ」
　唇を軽くかみしめ、そっと振り向く。
　涙が出るほどになつかしい声が。
　なつかしい、匂いが。
　たしかに目の前に…現れたとき。

「……柚…？」

　——透明な風が、吹いた。

　風にキス、君にキス。

- END -

あとがき

「俺には陸上があってよかった。…本当に、よかった」

　そう語ってくれた男の子がいました。
　きらきらとしたまぶしい目を向けて、やわらかく笑って。
　そのときからずっと、いつか彼の話を書きたいなぁと願い続けてきました。
　あれから数年がたって…私が少しだけ大人に近づいた今、ようやくその夢が叶いました。
　思えばこの『風にキス、君にキス。』は連載時から、たくさんの方々に支えられてきました。
　中でも一番多くいただいた質問が「『風キス』はフィクションですか？　ノンフィクションですか？」というもの。今でもよく聞かれます。
　この質問にはいつも、「ご想像にお任せします」と返してきました。
　また、物語のラストに関してもいろんなご意見をいただきました。
　日向が走れなくなってしまったとき、読者様が日向に代わって私に怒りをぶつけてくださったこともありました。
　みなさまがこの物語に感じ取ってくださった想いのすべてを、私は私なりに受け止めてきたつもりです。
　でも、私にとっては、これが事実であってもなくても、

結末がハッピーエンドであってもなくても、伝えたいことは変わらないのです。

今回の物語で、私は、主人公達の"陸上部時代"に焦点を当てました。
それは長い長い人生の、ほんの一部でしかないわずかな時間です。
でも彼らにとってはその一瞬一瞬が、決して、一部ではなく"すべて"でした。
…だから、きらきらと輝いていました。

私は"よく生きる"とは、自分に限られた時間をいかに輝かせるかということだと思います。それはなかなか難しいことですが(笑)。
だからこそ、追いかけたい夢があるのは素敵なことだと思うのです。
そして自分がどんな選択をしても、温かく見守っていてくれる人がいる。
それはもっと素敵なことです。
日向は…柚や拓巳を含めた仲間達、家族といった存在がなければ、再び走ることはなかったでしょう。

『風キス』が、このたび大賞を受賞させていただき、書籍といった形で私の手元に残ることはいまだに信じられない気持ちでいっぱいです。

ほんの自己満足で書きはじめたこの物語で、私はなにかを伝えられたでしょうか。
　　そうだとしたら、泣きたくなるほどにうれしいです。

「日向は、今も走り続けていますか？　幸せですか？」

　そう聞いてくださった、ひとりの女の子へ。
　自己満足ですが、答えさせてください。
　"永遠のエース"という言葉に、私は彼へのすべての想いをこめました。
　勝手な願いでもあります。
　…でも、青空が広がる限り、世界のどこかで彼は走っているだろうと信じています。

　最後になりましたが。
　『風キス』に触れてくださったすべての方々に、心から感謝の気持ちを申しあげたいと思います。
　みなさまあっての私です。
　本当に、ありがとうございました。

2010.1.14　繭

文庫あとがき

　——あなたの「夢」はなんですか。それを叶えるためにどんなことをしていきたいと思っていますか。——

　小さい頃から、大学生になった今まで、何度もされてきた質問です。
　先生に、両親に、友達に。あるいは自分自身に。
　そのたびに答えが変わり、悩みつづけてきました。

　「風にキス、君にキス。」が日本ケータイ小説大賞をいただいてから、2年が経ちました。
　今回、文庫化のお話をいただいて、改めてこの作品に向き合うと、当時高校生だった私の「夢」や「不安」、「悩み」をじんわりと思い出しました。
　それは、日向や柚たちが抱えていたものでもあり、私が抱えていたものでもあり、風キスを読んでくださったみなさまが今抱えているものかもしれません。
　でも夢があったり、やりたいことがあったり、悩んだりするのはとても素敵なことです。毎日を精いっぱい生きている、ということだから。
　人間は日々、変わっていく生きものです。だから、夢が変わることも、やりたいことが変わることも、全然おかしいことではないのです。

日向の「夢」は、思いがけない出来事によって変わってしまいました。
　それでも日向と柚、そして他の仲間たちはつながり続けています。きっと、これからもずっと。
　相手を大事にしながらも、自分の道を突き進んでゆく。
　そうしていれば、本当に大切な人とは決して、縁が切れることはないのだと私は信じています(*^^*)

　風キスを愛し、応援してくださった皆様に、本当に感謝しています。ありがとうございました。
　これからも作品を通して、たくさんの人たちとつながれたらいいなと願っています♪

　自分を支えてくれている人たちを大切に。
　自分のやりたいことにはまっすぐと、飾らない心で立ち向かっていってください。
　私も明日からまた、自分の「夢」に向かって走り続けてゆこうと思います。

2012.3.25 繭

この作品は2010年1月に弊社より
単行本として刊行されたものを文庫化したものです。

繭先生への
ファンレターのあて先

〒104-0031
東京都中央区京橋1-3-1
八重洲口大栄ビル7F

スターツ出版（株）書籍編集部 気付
繭 先生

KEITAI
SHOUSETSU
BUNKO
SINCE 2009
野いちご

風にキス、君にキス。
2012年3月25日　初版第1刷発行

著　者	繭
	©Mayu 2012
発行人	新井俊也
デザイン	黒門ビリー&フラミンゴスタジオ
DTP	株式会社エストール
発行所	スターツ出版株式会社
	〒104-0031 東京都中央区京橋1-3-1　八重洲口大栄ビル7F
	TEL 販売部03-6202-0386（ご注文等に関するお問い合わせ）
	http://starts-pub.jp/
印刷所	共同印刷株式会社
	Printed in Japan

乱丁・落丁などの不良品はお取替えいたします。上記販売部までお問い合わせください。
本書を無断で複写することは、著作権法により禁じられています。
定価はカバーに記載されています。

SBN 978-4-88381-652-1　C0193

ケータイ小説文庫　2012年3月発売

『無愛想彼氏』YuUHi・著

高2の桃嘉はちょっとはずかしがりやの女の子。同級生の勉強もスポーツも完璧な、イケメンの彼氏は無愛想だけど桃嘉だけには優しくて…♥　でも、転校生がやってきたことをきっかけにラブラブなふたりに破局の危機が…⁉　ドキドキのセリフに胸キュン☆　現役高校生作家YuUHiの大人気作!
ISBN978-4-88381-649-1
定価546円（税込）　**ピンクレーベル**

『隣のキケンな王子様!』水沢莉・著

なぜか不幸なオンナ、向井由梨×女好き狼、神埼郁己。由梨は引越してきて早々、乱暴だけどどこか優しい隣人の郁己に惹かれていく。一方で由梨は5歳の頃隣に住んでいた"王子様"を忘れられずにいたが、その王子様は自分だという男が現れて…!。『レンタルな関係。』シリーズの水沢莉、最新作!
ISBN978-4-88381-648-4
定価578円（税込）　**ピンクレーベル**

『初恋はヤンキーくんと♡』さくりな。・著

マジメな高2の夕衣は、金髪ヤンキーの美村と同じクラスに。毎日パシられる夕衣だけど、たま～に見せる美村の笑顔にちょっとだけときめいちゃったり。そんな美村の告白で付き合うことになったふたりの前に、美村の元カノが現われて…!?俺様ヤンキーとの毎日は、ドキドキとハプニングがいっぱい!
ISBN978-4-88381-650-7
定価557円（税込）　**ピンクレーベル**

『壊れるほど抱きしめて』羽月琉海・著

生まれつき耳がほとんど聞こえない中3の少女・ハルは、ある日、新しく赴任してきた25歳の数学教師・瑞樹と出会い、恋に落ちる。しかしそこには、瑞樹に想いを寄せる女子生徒や元カノの存在など、ふたりをおびやかす障害が立ちはだかって…。愛することの切なさが胸にしみる、号泣ラブストーリー。
ISBN978-4-88381-651-4
定価578円（税込）　**ブルーレーベル**

書店店頭にご希望の本がない場合は、
書店にてご注文いただけます。